TopBook

一个人，遇见一本书

磐书客

TopBook

堺事件

[日] 森鸥外

十九世纪日本浪漫主义文学大师经典之作

冷峻的笔调触及哲学的深度
忧郁抒情的日式写实主义
历史小说集

译者 杨晓钟 等

陕西新华出版传媒集团
陕西人民出版社

图书在版编目（CIP）数据

堺事件/（日）森鸥外著；杨晓钟等译．—西安：陕西人民出版社，2018

ISBN 978-7-224-12787-4

Ⅰ．①堺… Ⅱ．①森… ②杨… Ⅲ．①中篇小说—小说集—日本—近代 ②短篇小说—小说集—日本—近代 Ⅳ．①I313.44

中国版本图书馆 CIP 数据核字(2018)第 123410 号

译丛主编：杨晓钟　曹珺红

译　　者：杨晓钟　赵　翻　谢建梅　孟　简　曹珺红　杨　雯　刘如玉

堺事件

作　　者　[日]森鸥外

译　　者　杨晓钟　赵翻 等

出版发行　陕西新华出版传媒集团　陕西人民出版社

（西安北大街 147 号　邮编：710003）

印　　刷　西安市建明工贸有限责任公司

开　　本　787mm × 1092mm　32 开　5 印张

字　　数　120 千字

版　　次　2018 年 12 月第 1 版　2018 年 12 月第 1 次印刷

书　　号　ISBN 978-7-224-12787-4

定　　价　21.90 元

1

关于森鸥外

——写在《堺事件》前

杨晓钟

森鸥外是日本19世纪初明治维新之后浪漫主义文学的代表人物，与同时期的夏目漱石、芥川龙之介被称为日本近代文学三大文豪。他自小受到汉学、兰学教育，熟读四书五经。1882年毕业于东京第一大学医科学校后，他在父亲开设的医院工作半年，又加入陆军并先后被任命为东京陆军病院课僚和陆军军医副中尉。1884年7月，受陆军卫生部的派遣，森鸥外赴德国深造。1888年回国，历任军医学校教官、校长，陆军军医总监，陆军省医务局长等职。

森鸥外的作品侧重于体现他的伦理道德观，反映了明治时期上层知识分子思想上的矛盾。他早期的作品文笔优美，抒情气氛浓郁；后期大多数作品，特别是历史小说，往往采用冷峻客观的笔调。森鸥外认为文学中的真、善、美三者是存在差别的，美不只是白描景物，而是要寓情于景并从思想上超越景物去触及哲学的深度。文学的美独特而没有重复性，每一个作家都应将社会的善恶标准与真实自然的善与美分开，以审美学的标准作为批评的根本依据。不胡乱改变自然的原生美，这是其一。其次，既然对于当下可以抱着严谨的态度去审视，那么对于历史过往同样也不应该因为某种社会偏见而存在认知上的不公正。

晚年森鸥外以启蒙家的姿态开始文学活动，翻译了大量歌德、莱辛、易卜生等人的作品，并创办《栅草纸》等文学刊物向当时的日本社会介绍西方美学理论，开展文艺批评，并致力于戏剧改良、诗歌革新活动，在日本近代文学中产生过较大的影响。1910 年日本政府制造了所谓“大逆事件”，加强了对思想文化界的专制统治，在这样的背景下，森鸥外开始转向历史小说创作。他把自己的历史小说分为“遵照历史”和“脱离历史”两类。前者完全依据史料写作，包括《兴津弥五右卫门的遗书》《阿部一族》等。后者则借助历史事件的描述来表达作者的理想和信念，如《高濑舟》等。

1912 年，明治天皇逝世。森鸥外的故交乃木希典大将切腹殉死，森鸥外认为这是一种非功利的忠义行为，于是以此为题材，写了他的第一篇历史小说《兴津弥五右卫门的遗书》，对武士殉死的“忠义”行为进行了赞美。此后他创作了《阿部一族》。小说通过阿部一族殉死的壮烈悲惨，揭示了封建殉死制度对生命的蔑视及虚伪、腐朽和灭绝人性的实质，以及封建统治者的无道和残忍，在客观上否定了《兴津弥五右卫门的遗书》所肯定的武士殉死这一封建道德行为。这两个题材相同而思想相悖的作品，反映了作者对武士殉死精神的矛盾观点，但森鸥外试图描写“历史的自然”的写实主义却取得了显著的效果。

《堺事件》又叫作“泉州堺事件”，讲述的是1868年3月8日和泉国堺町内发生的土佐藩武士犯下的致法兰西帝国水兵死伤事件，是森鸥外的代表作之一。除此之外，本书还选取了作者作品中较有代表性的几部：《阿部一族》《高濑舟》《大盐平八郎》，可窥森鸥外作品特色之一斑。

目录

堺事件

堺[1]事件

明治元年戊辰正月[2]，德川庆喜[3]军于伏见、鸟羽战败。大阪城失守后，残军沿海路逃至江户。大阪、兵库、堺市诸官望风而逃，三城一时陷入无政府状态。于是萨摩、长门、土佐三藩[4]受命分别接管三城。二月初，土佐第六、第八步兵队先后入驻堺市，将兵营设在丝屋町的与力[5]宅与同心[6]宅内。土

①堺：堺市，位于大阪市南面，工商业城市。

②明治元年戊辰正月：公元 1868 年 1 月。旧历（指中国农历）戊辰年。明治为明治天皇时代（1868—1912）的年号。

③德川庆喜（1837—1913）：德川幕府第十五代将军（1866—1867 年在位）。

④萨摩、长门、土佐三藩：日本江户时代的三个藩。萨摩藩，管辖今鹿儿岛县和宫崎县西南部及琉球；长门藩，管辖今山口县西北部；土佐藩，管辖今高知县。

⑤与力：江户幕府的官名。尤以江户的“町奉行”属下的町与力为有名。负责行政、警察和审判工作。奉行之意参见下文注解。

⑥同心：与力下属的下级官员。负责警察、庶务。

佐藩奉命掌管堺市民政，同时，大目附[1]杉纪平太、目附[2]生驹静次等人入职，于栉屋町原总会所[3]内设置军监府。军监府从河内、大和[4]一带搜出藏匿于此的旧幕府官僚七十三人，命其照旧处理事务。很快城内秩序恢复，街市重新开放。

二月十五日，町年寄[5]前来军监府汇报，发现法国兵要从大阪来堺市。原本停泊在横滨港的十六艘外国军舰已在摄津的天保山海域抛锚。杉命两步兵队队长带兵前往大和桥。若法军的登陆经官厅许可，军监府事先会收到外国事务处前宇和岛藩主伊予守[6]伊达宗城的通知，但显然没有。即便外国事务处的通知未及时送达，上岸游玩也应有相应的许可，否则是不可以通行的。杉、生驹随同两队人马守候在大和桥。法国兵至，问其随行翻译有无通行证，对方答没有。法军人少势单，被挡住去路，只好撤回大阪。

---

①大目附：官名，负责监督大名、幕府直属武士以及官员们的政务和言行。

②目附：室町幕府以后的武士的官名。江户时代幕府和各藩设有此官职，负责监督旗本及下级武士。

③会所：交易所。江户时代，同行工商业者举行集会、交易，或村、町官吏办公的场所。

④河内、大和：指河内国和大和国，日本律令制度下设立的地方行政区划。河内国，今指奈良县；大和国，今指大阪府东部。

⑤町年寄：江户时代最高级的市政官吏名称。

⑥守：长官之意，日本律令制度下四等官中级别最高的官。

同日傍晚，刚回营的步兵队收到町人报告，法国水兵已从港口登陆。原来停靠在港口一里外的法国军舰命其水兵乘坐二十艘驳船上了岸。

军监府的出兵令及时送达，两步兵队队长立刻出兵前往。军监府众兵虽未见水兵有出格暴行，但得知他们擅闯神社佛阁，出入民家，取笑女人，非常气愤。闭关锁港的堺市人没见过外国人，纷纷仓皇逃回家中不敢出门。两队长想命这些外国人退回船去，但苦于没有翻译，用手示意也无人可听懂，于是下令将这些人押回兵营。手下兵卒试图用绳子捆住水兵，对方却纷纷朝港口逃去，其中一人还夺走了立在民家门口的队旗。两队长率兵追去，但法国人腿长善跑，未能追及。当时土佐步兵队配有消防员，每次市内巡逻会带上四五名。举队旗也是消防员的任务。当中有一领队叫梅吉，人们都称他为“飞毛腿”，他跑出的速度绝不逊于飞马。眼见水兵就要上船，梅吉飞奔出队，一把揪住夺走队旗的水兵，梅吉手持的消防钩划过空中当头落下，水兵一声惨叫仰头倒地。梅吉夺回队旗。

等候在驳船的水兵见状，愤然掏出短枪发难。两队长立刻号令备战。迫不及待的手下已摆好七十余挺枪，对着驳船一阵扫射。很快六名水兵倒下，更多水兵跳入水中，一手把船，两脚蹬水，时而又潜水躲避子弹。

驳船渐渐远去。法国水兵共死十三人,其中下士官一人。

不一会儿杉赶到,下令停止射击,撤回兵营。刚回兵营,两队长就被唤到军监府。

“为何不等上面的命令就擅自开火?”杉质问道。两队长解释:“情况紧急,等不及命令。”此次冲突是驳船方先开的枪,步兵队这边只是应战。但其实土佐兵对法国人早有怨念。[①]

“至此已无他法,”杉说,“法军可能会偷袭,做好防战准备。”说完派生驹和下横目[②]分别前往外国事务处和京都藩邸汇报此事。两队长听罢甚感困惑,仅以两小队的兵力如何对抗军舰?但还是派出侦察兵前往海岸,并令两队数人一组轮番驻守炮台。又有此前收容的幕府败兵数十人前来请战:

“请派我们出战。炮台上有德川时代设下的三十六门大炮,由岸和田藩主[③]筑前守冈部长宽殿下看管。届时我们负责用其防守,你们就朝上岸的法军开枪。”

两队长应允。不久岸和田藩派兵前往炮台,开始用望远

---

①此前土佐人因讨伐松山藩有功,被授予锦旗。护送锦旗回国途中,在神户遇法国人挑事,对方曾试图夺走锦旗,声称是为了朝廷与幕府的亲善。

②横目:隶属目附的官职,主要负责监督足轻、徒士等最下级武士的举动。足轻、徒士之意参见下文注解。

③岸和田藩:领属今大阪府南部地区。

镜密切监视。入夜后,探子报法驳船来港。共有五六艘,但未上岸就折回了,大概是来搜寻水兵的尸体。据说找到了几具,用船运了回去。

十六日拂晓,外国事务处下达处理结果,免去土佐藩的堺市管理权,即刻撤离军队。于是军监府令两队撤回至大阪仓库。两队长立即收拾离堺。等到达大阪御池大道六丁目的土佐藩仲仕[①]商家时已是未时,而前去外国事务处汇报的生驹静次,只是被大概问了一下情况。随后外国事务处有令,须由军监或者两队长其中一人亲自出面。杉前去。外国事务处以说明不充分为由退回了大阪土佐藩邸石川石之助递交的堺事件报告书。之后,杉重新修改提交了经两队长署名的报告书,并附言若上面要问话,会让本人亲自出面。

十七日,京都土佐藩邸根据前日商议结果,派管家山内隼人、大目附林龟吉、目附谷兔毛以及下横目数人前往大阪。随行的还有长尾太郎兵卫[②]率领的京都军。一行人夜晚抵达大阪。林随即下令,将杉、生驹和两队长移送至长堀土佐藩邸。

十八日,长尾太郎兵卫向两步兵队长下达停职令,部下一律不得外出。两队长向长尾提出申诉,认为此次事件由二人

---

①仲仕:搬运船载货物的挑夫。此处意为提供搬运服务的商家。

②兵卫:日本旧时隶属兵卫府的武官,守护宫门,天皇外出时担任警卫,平时在城中巡逻检查。

负责，部下只是奉命行事，不应受到牵连。小头领池上弥三吉、大石甚吉代表两队兵卒，向队长表达了慰问。两队长也晓谕部下，声称此事件与他们无关。与此同时，京都土佐藩邸派出的三个步兵小队抵达长堀，加强长堀藩邸的守备，严格控制人员进出。

前土佐藩主土佐守山内丰信的管家深尾鼎与大目附小南五郎右卫门随后到达。停泊在大阪的法军舰维纳斯号向外国事务处提出索赔要求，由公使利昂出面进行交涉。前藩主本应亲自出面，但因身体欠佳，派管家代为处理。公使提出三点要求。其一，土佐藩主亲自前去维纳斯号谢罪。其二，指挥土佐藩兵队的士官二人，及参与杀害法军的兵卒二十人，在交涉文书送达京都后的三日内必须就地处决。其三，土佐藩主须支付十五万法币，作为被害人家属的抚恤金。

跟随深尾前来的下横目就是否参与了射杀对两队士卒七十三人进行了审问。这次审问几乎变成了考验士卒勇气的测试。

回答“是”的共有二十九[①]人。分别是六队队长箕浦猪之吉，小头领池上弥三吉，兵卒杉本广五郎、胜贺濑三六、山本哲

①此处与原文确认无误。问题出在土居德太郎上。原文中是土居德太郎，不知是作者的笔误还是整理人的失误，应该是将土居八之助与垣内德太郎合到一起了。所以导致文中只有二十八人。

助、森本茂吉、北代健助、稻田贯之丞、柳濑常七、桥诘爱平、冈崎荣兵卫、川谷银太郎、冈崎多四郎、水野万之助、岸田勘平、门田鹰太郎、楠濑保次郎；八队队长西村左平次，小头领大石甚吉，兵卒竹内民五郎、横田辰五郎、土居德太郎、金田时治、武内弥三郎、荣田次右卫门、中城惇五郎、横田静次郎、田丸勇六郎。回答“否”的有六队兵卒滨田友太郎等二十人，以及八队兵卒永野峰吉等二十一人，共计四十一人。

十九日晚，声称未参与射杀的人被移送至御池六丁目的商家，准备遣送回国。参与射杀的人则被要求上缴枪支。两队被分别安置在长堀潘邸内的本邸与西邸，由此前派驻到大阪的炮兵队加以看管。

二十日，未参与射杀的兵卒从长堀藩邸出发，乘船途经丸龟，自北山道回到土佐。数日内禁止远行，之后便可恢复正常。参与射杀的人自知终有一死，遂有人提议，与其束手就范，不如杀入法舰决一死战。八队的土居八之助认为此乃无谋之举，将其拦下。也有人提议，不如互相杀戮，得以一死。正当此时，下横目却前来没收佩刀。佩刀一旦上缴，想死都将无法如愿。其中几人甚至要动手，被八队的竹内民五郎制止：“若有此意，按我的指示行事。”说着用手在榻榻米上写下“我包裹中有短刀两把”，众人这才上缴了佩刀。

二十二日，大目附小南前来传话，隐居大人有令，六、八二队兵卒速至大厅集合。隐居大人[①]是指山内丰信。除队长、小头领四人外,二十五人在大厅就位。小南等人列席后,正面的金箔隔扇拉开,深尾出来。众人行礼。深尾发话:“本应隐居大人亲自宣布,但因抱恙在身,鄙人代为传达。此次堺事件法国人迫使朝廷交出二十人。隐居大人甚为痛心。但为‘稳妥’起见,决定交出二十人的性命。”说完起身入内。随后小南传达了藩主丰范的命令:“此次递交的二十人名单不好决定。众人不如一同前去稻荷社[②],以抽签定去留。白签者免予处罚,处决签者被处以死刑。请诸位这就速去神前吧。”

于是,二十五人下殿前往稻荷社。社坛的铃铛下,小南持签端坐。有目附一人、下横目二人持名簿候命。社坛数十步外,京都炮兵队和步兵队列队站着。小南指示一下,下横目打开名簿,依次念了二十五人的名字。被念到的人出来抽签,先打开看,再交给下横目确认。前来神社参拜的人,起初并不知道发生了什么,知道了抽签的意思后,为这些勇士大义凛然的身姿所震撼,甚至有当众落泪的。

抽到处决签的有六队的杉本、胜贺濑、山本、森本、北代、稻田、柳濑、桥诘、冈崎荣兵卫、川谷等十人;八队的竹内、横田

①隐居大人:山内丰信将家督让位于山内丰范、自称容堂以来的称呼。

②稻荷社:今大阪市西区的土佐稻荷神社。

辰五郎、土居、垣内、金田、武内等六人,共计十六人。再加上队长、小头领各二人,总计二十人。抽到白签的是六队的冈崎多四郎等五人,及八队的荣田次右卫门等四人。

抽签完毕,一行人返回御殿后,白签组的八队队员荣田次右卫门、中城、横田静次郎、田丸提交了联名请愿书。内容为:抽签虽将我等分成了生死二组,但我等原本志同道合,应受到同等处置。但因人数已定,请愿书最终被退回。

抽到处决签的十六人,同队长和小头领一样,也被安置在本邸。白签组成员即刻被革除军籍,交与土佐藩兵队看管,安置在别处。数日后,白签组由下横目跟随,自堺市坐牢船回国。起初被命令由各亲族看管,之后便无特别要求。

入夜后,处决签组成员给故国的家人亲友写下遗书,连同剪下的顶髻,一并交给下横目。负责警卫的五小队士官备了酒肴,前来饯行。十六人皆醉。只有八队的土居八之助稍许清醒,看着一众鼾声四起,忽然大声喊道:“喂!明天可就是‘重要的日子’,你们都没有想过为何要死吗?斩头而死也无所谓吗?”

不知谁生气地回了一句:“闭嘴!正因为明天是重要的日子,所以都给我睡觉。”话音未落,鼾声又起。

土居抓住六队杉本的肩膀:“喂!其他家伙不明白,难道你也不明白?”

杉本想想，跳起来说道：“有道理，此事事关重大，把大家都叫起来。”

怎么也叫不醒的人，就抓住其肩膀用力摇晃。不久众人皆醒。听完二人的意见，无一人有异议——死无所谓，他们作为士兵离开故国之日起就已做好准备，但决不能屈辱而死。十六人一致决定要切腹自尽。

于是，十六人穿戴整齐，前去传话处，要求面见奉行[①]。

传话人进入里间商量，不一会儿回话：“恕不能同意。你等是放逐之身，半夜贸然造访，想面见奉行，成何体统?”

十六人愤怒不已：“真是岂有此理。何为放逐之身？我等是为皇国舍命之人。不传话就不传话。让开！我们自行说去。”说着众人起身，准备硬闯里间。

里间传来了声音：“少安毋躁。大人要面谈。”

隔扇被推开，出来小南、林和下横目数人。一众礼毕，竹内发言：“我等是奉朝命舍身之人。在堺事件上只是奉上行事，何来犯罪？死刑一说无法令人诚服。若定是死刑，便请告知罪名。”

听了此话，小南皱起了眉头。他等土居[②]讲完，怒视众

---

①奉行：日本武士执政时期的官名，奉命处理事务。

②原文是土居。此处土居也讲话了，具体说了什么作者没有特别拿出来写。

人："闭嘴！如若无罪，何以被处死刑？正是队长错误的指挥，导致了你们错误的行动。"

竹内没有屈服："不！大目附曾有言，兵卒奉队长之命行事，无关对错。队长命令发射枪弹，我等就发射枪弹。若每次令下都考虑对错，战争就无法进行。"

竹内身后，有一二人行跪膝礼上前："堺事件上的所为，我等坚信有功无罪。究竟该当何罪，还请大人明示。"

"我们也无法理解。"

"我们也是。"

一众人气势汹汹，看来如果今日大人不允他们的要求，决计是不能善罢甘休了。

小南语气微缓："方才有所失言。此事须商议后再做答复，请诸位在此稍候。"话毕起身入内。

众人候在门外，始终未见小南出来。人群里有人嘀咕：

"怎么回事？"

"不可掉以轻心！"

过了良久小南出来。他郑重地取出处理书，做了如下演说：

"方才我将诸位的申诉转达给了深尾大人。现做出如下指示。此次事件二位大人非常痛心。太守大人[1]抱病赶赴大阪,径直前去法军舰谢罪。君辱臣死,诸位宜尊听圣令,稳妥行事。此次堺事件正值国家采取外交新政之际,应据公法进行处置。特批众人明日于堺市执行切腹。一切皆是为了天皇,请感恩受命。另外,达官显贵、外国公使皆将出席,请务必彰显皇国士气。"

十六人相视而笑。竹内上前代为回话:"谢主恩典。另有一事相求。本应先向下横目呈报,但因大人在场,便当面陈诉。据方才的处置,想必大人也能体恤我等心意。我等一致恳请授予武士身份。"

小南思虑片刻,回道:"既然准予切腹,此乃合理要求。但需商议后再做回复,请稍做等候。"说完再次离座。又过良久,下横目出来:"商议决定,破例允许以武士身份对待。据此,为诸位新置绢衣一件。"说完交过目录。

十六人接过目录退下后,顺道前去队长、小头领处汇报事情经过。队长被警卫队好酒招待,醉意蒙眬,本已睡下,但部下一同前来,立刻起身相见。十六人自与队长、小头领分开后,再未见过面。队长与小头领听完众人讲述,悲喜交加。悲的是如今才得知十六人的命运——四人虽对自己的死早已做

① 太守大人:指土佐守丰范。

好准备，但对法国公使提出的二十人共死的要求并不知情。喜的是十六人的切腹要求得到允许，被授予武士身份。

天还未明，一众决定睡下。

二十三日，晴。为护送二十人前往堺市，越中守细川庆顺的熊本藩①、安芸守浅野茂长的广岛藩②派出步兵三百余人，于未明时分抵达长掘土佐藩邸。邸内赐二十人美酒佳肴。队长、小头领换上新衣，十六人穿上前夜新发绢服，佩刀将在切腹处交与。二十人踩着木屐出了藩邸玄关。门外停好了细川、浅野两家准备的坐轿二十台。众人先行一礼，上了轿。护卫队伍已整理完毕。先锋由两藩下等官人组成，后跟兵卒数人。之后是细川藩的留守居③马场彦右卫门，队长山川龟太郎，及浅野藩的重臣渡边兢。众人骑着马，头戴笠形盔，身着小袴④，竖握长矛。随后兵卒数人，大炮二门。之后是二十台坐轿，每台坐轿都有六名手持剑枪的兵卒跟随。二十台坐轿前后，有同样手持剑枪的兵士一百二十人护卫。土佐藩重臣

---

①熊本藩：领地包括肥后国（今熊本县）除去球磨郡、天草郡的地区及丰后国（今大分县）的一部分地区（鹤崎、佐贺关等）。

②广岛藩：领地包括安芸国（今广岛县西部）全域及备后国（今广岛县东部）一部分地区。

③留守居：江户幕府官职名。负责守卫江户城中将军夫人的住所，将军不在时负责城中警备。

④小袴：武士穿的和服裙裤。

为首的数百人在队伍后方不远处跟着。整个队伍绵延了五个町区。

离开长堀不多时，山川亀太郎前去坐轿前一一问候众人。之后回至箕浦的轿子前问道："坐轿窄小，想必一定很受拘束吧。前方路途遥远，帘子放下的话，可能会觉得郁闷。不如将帘子卷起来如何？"

"感谢厚意。那就麻烦您了。"箕浦回答。

于是轿子的垂帘被卷起。

走了一段后，山川又前去问道："准备了茶点，如若需要，为各位奉上。"

两藩对待二十人可谓慎之又慎。

行至住吉新庆町，因两队曾在此留宿，有民众等在路旁惜别。进入堺市后，道路两边更是人山人海，人群里能听见唏嘘声。甚至有人冲出人群，跑到轿子前，但被护卫的兵卒喝退。

切腹处定在妙国寺。寺门上挂着菊纹幕帘，寺内拉着印有细川、浅野两家家纹的幕布。切腹席周围用印有山内家纹的幕布围住。寺门内搭起的帐篷中铺上了新草席。

队伍行至妙国寺门前，轿子先被抬进寺门内的帐篷里，停放在筵席上。之后由两藩士引导，抬入内庭，横靠在本堂边。

二十人出轿，于本堂内并排就座。座位周围候着两藩士卒数百人。一人离座便有四人跟随。二十人如平常一样谈笑自若，等待最后时刻的到来。这时，两士卒备了笔墨来到头座箕浦面前，望其挥毫留念。原第六步兵队队长箕浦猪之吉，姓源，名元章，号仙山，土佐国土佐郡潮江村人，于弘化元年[①]出生于家禄十五石的随从之家。时年二十五岁。祖父忠平，父亲万次郎。母亲依田氏，名梅。安政四年游学江户，万延元年成为容堂侯的侍读[②]。同年回国，任文馆助教。之后担任容堂侯的随从，七八年后晋升为马前随从。庆应三年十一月被任命为步兵小队司令。仅供职了三个月，就发生了堺事件。正是这样的经历使箕浦诗歌草书皆擅长。

笔墨摆到面前，箕浦说了句“献丑了”，写下一首攘夷七言。

除却妖氛答国恩，
决然岂可省人言。
唯教大义传千载，
一死原来不足论。

过不多时，细川藩士说时候尚早，于是二十人参观起了寺庙。至院里一看，寺内外非常嘈杂。不仅堺市，大阪、住吉、河内等周边民众也赶来围观，怎么制止都不离开。几名僧侣登

---

①弘化元年：公元 1844 年。
②侍读：指为天皇讲学的学者。

上撞钟堂,俯视着人群。

八队的垣内见状,登上撞钟堂说:“请让一下。鄙人今日切腹,有人作辞世之诗,鄙人不才,做不了如此高雅之事,因此想撞钟作别。”说完撩起袖子,抓住撞木。僧侣吓得赶紧拉住说道:

“稍等稍等。如此混杂局面,撞钟会有何骚动,不可预知。恳请壮士住手。”

“不,此为为国献身的武士的留念,放开我!”

垣内和僧侣争吵起来。二三人赶来劝架:

“大事在即,却如此草率。钟声如雷,必将惊动人群,后果如何可有想过?”

“正是。兴头所至,起了无益之争。罢了罢了。”说着,垣内松开了握着撞木的手。来劝架的其中一人,掏了掏胸前:“这里有少许钱,捐给众僧,作为死后照料之用。”说着交给了僧侣。其余人也纷纷拿出钱,放在僧侣面前,并解释,此举并不为祈祷冥福。僧侣收下钱,下了撞钟堂。

众人走下撞钟堂,想钻进帷幔,看看切腹席,被细川藩士拦下:“不宜入内。”

“无须担心,绝不添麻烦。”众人说完便钻了进去。

切腹席设在本堂前的大庭院里。印有山内家纹的幕布交织其中,两侧竖着四根竹竿,中间盖着草苫。地上铺了两张粗席，席上又放了两张新榻榻米，榻榻米外面裹了白棉布，最后又在上面盖了一张毛毡垫。旁备一叠毡垫用来给每个人换用。入口处摆的一张桌子上，放着几组大刀小刀。走近一看，正是长堀藩邸没收上来的佩刀。

众人离开切腹席，又顺便前往宝珠院看墓穴。宝珠院已挖好两列洞穴。洞穴前摆着六尺余高的大瓶，每个瓶子上都贴着各人的名字。横田对土居说："你我生前同食共枕，如今连瓶也摆在一起，死后也能一同说话。"

土居突然纵身跳入瓶内，喊道："横田君横田君，这玩意儿做工不错。"

竹内说："真是急性子。等下自然会装我们进去。快出来！"

土居想从瓶子里出来，可是瓶口高，内壁滑，进去容易出来难。横田和竹内合力将瓶子放倒，才把土居拉出来。二十人回到本堂。堂内已备好细川、浅野两藩准备的酒肴。町里来了数十个帮手。众人一同举杯。因为羡慕此前拿到箕浦诗作的人，两藩士卒争着要武士们的诗歌，或是身上的物件做纪念。于是，二十人轮番拿起了笔。实在没有东西可送的，就把衣领、袖子剪下来。

终于，切腹定在了午时。

帷幕内先是聚集了斩首人。这是前夜在大阪长堀藩邸饯行时一众商量后决定的。六队的介错人分别如下：箕浦是马场桃太郎，池上是北川礼平，杉本是池七助，胜贺濑是吉村材吉，山本是森常马，森本是野口喜久马，北代是武市助吾，稻田是江原源之助，柳濑是近藤茂之助，桥诘是山田安之助，冈崎是土方要五郎，川谷是竹本谦之助。八队的介错人为：西村是小坂乾，大石是落合源六，竹内是楠濑柳平，横田是松田八平次，土居是池七助，垣内是公文左平，金田是谷川新次，武内是北森贯之助。其中池七助负责杉本与土居二人。各人背刀，候于切腹席之后。

帷幕外另备二十台坐轿，用来装运尸体至宝珠院。埋葬之前，要先将尸体从轿子转移到大瓶里。

临检席上，以外国事务总事务官山阶宫为首，包括外国事务处伊达少将、同东久世少将，细川、浅野两藩重臣背南朝北而坐。土佐藩的深尾自北朝东南，大目附小南一众自西北向东而坐。法国公使带着持枪兵卒二十余人，自西向东坐于正面。另有萨摩、长门、因幡①、备前②等诸藩官员也列席其中。

细川、浅野的藩士告知已准备就绪。二十人从本堂檐廊上轿。坐轿两侧同来时一样，有护卫跟随。轿子停在了帷幕

①因幡藩：位于今鸟取县东半部。
②备前藩：位于今冈山县东南部。

外。负责传唤的官员打开名簿，正准备叫第一个人的名字。这时天骤然变阴，大雨随即而至。寺内外聚集的人群开始骚动起来，纷纷往檐下、树下跑。情形非常混乱。

切腹被迫暂停，总事务官宫等一众进屋避雨。未时雨停。等再次准备就绪已是申时。

传唤官叫了“箕浦猪之吉”的名字。寺内外顿时鸦雀无声。箕浦身着黑罗纱的羽织[①]和小袴，走到切腹席上。介错人马场在三尺之外站着。箕浦向总事务官宫等人先行一礼，拉过放短刀的木台，右手取过短刀。忽然大声喊道：

“法国人给我听着。今不为汝等而死，是为皇国就义。日本男人的切腹给我看好了！”声音之大犹如雷声响彻。

箕浦敞开衣服，倒握短刀，先往左腹狠狠插进去，自上而下划了三寸，又往右拉过去，自下而上划了三寸。因为刀插得很深，伤口裂开一个大口子。箕浦丢下短刀，右手从伤口伸进去，抓出大肠，狠狠盯住法国人。

马场拔刀朝其脖子上砍去，可是这第一刀太浅了。

“马场君，怎么回事？给我沉住气再来一刀！”箕浦叫道。

马场的第二刀砍断了脖颈，发出“吭”的一声。

箕浦又喊道：

---

①羽织：罩在外面的翻领和服外褂。

“还没死,再来一刀!”这一声响彻三个町区之外。

目睹这一切的法国公使,渐渐感到恐惧。本已不安的他们,听到这声意外的大吼,终于坐不住站了起来,变得手足无措。

直至第三刀,箕浦的首级才落地。

其后被传唤的西村,是个温厚之人。姓源名氏同。土佐郡江口村人,是家禄四十石的马旁随从。出生于弘化二年七月,时年二十四岁。庆应三年八月任步兵小队司令。西村穿着军服走到切腹席上,将军服的纽扣一颗一颗郑重地解开。拿起短刀,先朝左插进腹部,后往右拉了一点,觉得插得太浅,又往深处再一用劲,然后慢慢往右拉过去。介错人小坂有些慌张,未等西村放下刀,就从背后砍去。人头飞出三根柱子之外。

接下来是池上,由北川负责介错。其后是体型高大的大石。先两手摸了两三下腹部,后右手拿刀刺进左侧肋下,左手压住刀背往下切。再压住右手,往右划至右肋下时,又用左手压住刀背往上切。最后,将刀放在座位右边,伸开双手,喊了声“来吧”。介错人落合屡次失败,直至第七刀才将头砍下。切腹刀法之利落,非大石莫属。

其后依次为杉本、胜贺濑、山本、森本、北代、稻田、柳濑。其中柳濑因左右来回划了一遍,大肠顺势从刀口溢了出来。

接下来轮到第十二个人桥诘。此时，四周已黑，本堂亮起了灯。这时法国公使的坐立不安渐渐蔓延到周围持枪站立的法国兵卒身上。他们个个姿势松懈，交头接耳比画着什么。正当桥诘在切腹席就座时，不知道公使说了什么，兵卒簇拥着公使离开临检席，连招呼也未打一个就出了帷幕。穿过庭院，一出寺门，便开始向港口奔去。

切腹席上，桥诘解开衣服，拿起短刀，正准备朝腹部插去。这时，一位官员赶到，大喊一声“住手”。被吓一跳的桥诘停下了手。原来由于法国公使退席，切腹被迫暂停。桥诘回到只剩八人的队伍中去，商量对策。

一心向死的意念支配着这九人，现突然被制止，他们感到焦虑，并且想质问制止的人。于是一同前去小南处。桥诘问：“我等奉朝命切腹自尽，为何要停?”

小南回应：“质疑不无道理，只因切腹须法国人在场。现法国人退席，只得中止。萨摩、长门、因幡、备前、肥后、安芸等七藩管家已前去法军舰。且回座静候消息。”

九人无奈返回本堂。细川、浅野两藩武士端来晚膳，备好寝具。众人皆无心用膳，更无心就寝。子时左右，两藩武士前来通知，七藩的管家们前来面见。九人连忙起来迎接。其中的三名管家跪膝上前，叙说了事情的原委。内容大致如下：我等前去法军舰质问了退席的理由。法国公使回应，土佐人舍命奉公的气概，让人敬佩，但情形委实惨不忍睹，遂向日本政府提出赦免其余人的性命。明日由伊达少将听候朝旨。诸位切不可轻举妄动，静候旨意。九人听从。

隔日二十五号，两藩武士前来传达处理结果，九人撤回大阪，并且六队桥诘、冈崎、川谷和八队竹内、横田、土居、垣内、金田、武内分别由安芸藩和肥后藩暂为接管。寺院内备好了九台坐轿。一众上轿时，桥诘突然自断舌头，口流鲜血倒下——因为遗憾于同僚磊落而死，自己侥幸残存。所幸舌伤并无大碍。浅野家为防节外生枝，抬着轿子，马不停蹄地赶往大阪。细川家也只好快步跟上。到大阪后，九台坐轿于长堀的土佐藩邸前暂做停歇。小南出来，慰问了一下桥诘。两藩人马自此分开，各自接人回去。为照看桥诘，浅野家还特地派了一名医生和土佐藩的看护人跟随。

九人得到了细川、浅野两家的特别优待。特别是细川家，说是继元禄的赤穗浪人[①]、万延元年刺杀井伊扫部头的水户

①赤穗浪人：指赤穗事件中的四十七义士。元禄十四年（1701），赤穗藩主浅野长矩奉命接待天皇使者，然而受“高家”吉良上野介愚弄而失礼，浅野愤而伤了吉良，触犯了法律，被判切腹，之后他的家臣为其报仇。“高家”是指负责仪式典礼的官职。

浪人[①]后，第三次有幸收留义士，给予了极其高规格的礼遇。新置的条纹夹层和服做睡衣，由足轻[②]备被褥三床。隔日泡一次木桶澡，有专人递擦手巾和白纸。三餐必有烤鱼类料理，由队长尝毒。下午奉上茶点，水果不断。如厕时有二三徒士[③]候于檐廊，取木勺汲水洗手。夜里就寝也有人彻夜侍奉。来人须叩头求见。供书籍阅读。病时，有医生亲自配药煎煮。诸如此类。

三月二日，上面下达免除死刑、送返故国的指示。三日，土佐藩队长带兵前去细川、浅野两藩接人。两藩备七菜二膳[④]饯别。十四日，九人由下横目一人宰领二人护送，自木津川口上船，十五日，出千本松，十六日深夜，抵达浦户港。十七日，前去南会所的途中，民众为了见一面堺事件的勇士，松鼻以西至带屋町的路上，挤满了人。在南会所，下横目将九人交给会所负责人，负责人又将其交给各自亲族。此前写遗书、留遗发作别的九人，见到了久违的亲人。

五月二十日，南会所下达传唤令：九人于巳刻前去自首，

---

①水户浪人：指参与樱田门外之变的十八义士。樱田门外之变，指万延元年（1860），由水户藩和萨摩藩尊皇攘夷派流浪志士在樱田门外发动的对最高执政官井伊直弼的刺杀事件。

②足轻：日本古代最低等的杂役步兵，江户时代处于武士最下层。

③徒士：身份上不允许骑马的低级武士。

④二膳：正式的日本菜中，主菜之后上的副菜。

如若有父有子，其父其子于巳刻半前去自首。在南会所，目附出席后，下横目宣布了发放禄米，流放至渡川①以西为主旨的三条指令：其一，可以袴装带刀的装束前去；其二，如若有子，可招为兵卒，发放两个人的禄米四石；其三，如若无子，发放两个人的禄米作为补助，由幡多中村的仓库进行配发。九人不服，商议后由桥诘上前对质："我等应法国人的要求，舍命为国。且以切腹就义，被准予武士待遇。后得法国人赦免，理应无罪。为何被处流放之刑？如若不能说明，恕不能受命。"目附也甚感困惑："质疑不无道理，此次放逐是与十一人自杀之苦痛对等的处罚，请务必听命。"九人苦笑，十一人之死，令人日夜痛彻心扉。既然此次处罚的苦痛与之对等，便无话可说。九人一同受命。

九人虽为流放之身，却以前所未有的袴装带刀的装束出发。因此前被关禁闭，九人身心困顿，所以至土佐郡朝仓村后，脚疼难忍，都坐上了轿子。发配地为幡多郡入田村。起初根据庄屋②宇贺祐之进的安排，九人分别被安置到九户农家，但几日后便让八人合住到一间空房里。横田因与往西三里外的有冈村法华宗真静寺住持有尘缘，被其收留。

---

①渡川：又名四万十川。

②庄屋：村长，日本江户时代村方三官之一。

九人在真静寺为在妙国寺牺牲的同僚举行了法会，次日起为村民进行文武教育。竹内教授四书的素读[①]，土居和武内教授击剑，其余人也都各自传授了技艺。

入田村自夏入秋时节瘟疫流行。进入八月后，川谷、横田、土居三人先后发烧。土居的妻子从香美郡夜须村连夜赶来照顾。横田之子常次郎因母亲生病，只有九岁的他，独自走了三十里路来看望父亲。横田和土居病情逐渐好转，而川谷于九月四日病亡，享年二十六岁。

十一月十七日，目附方面向桥诘等九人下达召见令。幸存的八人，道别川谷之墓后离开入田村，于十一月二十七日抵达高知，随即前往目附厅。目附厅据各项文件宣布："正当天皇即位庆典，赦免归乡居住，命兵士其父，继续先前兵役年数服役。"即八月二十七日明治天皇即位，八人获特赦。兵士是指一般兵卒，武士身份终究未被认定。

为了纪念妙国寺死去的十一人，土佐藩在宝珠院建了十一座石碑。从箕浦到柳濑一列排开。宝珠院本堂后方檐廊的石头上，倒放着九个大瓶。此为本应入内的九人的遗物。堺市称这十一座石碑为"遗憾者"，九个大瓶为"生运者"，参拜的人络绎不绝。

---

①素读：光念，只读字音，不求其意。

箕浦因膝下无子，一时家门断绝。明治三年三月八日，政府同意由其亲戚箕浦幸藏的二男楠吉设立家号，列属三等下席，发放禄米七石三斗。并依幸藏之意，将猪之吉之女许配给楠吉。

西村其父清左卫门早亡，但因祖父克平尚在人世，便继过户主之位。后收亲戚觅氏为养子。

小头领在内的兵卒之子，即便年幼也多半被招为兵卒，成年后服务于兵队。

阿部一族

阿部一族

宽永十八年[1]、旧历辛巳年春，肥后国[2]樱花盛开，从四位下左近卫少将兼越中守[3]细川忠利[4]却无暇欣赏。他正准备在俸禄五十四万石大名[5]的簇拥下，伴随着由南往北盛开的樱花，一路浩浩荡荡前去江户谒见。未料患病倒下，御医的药方也不起作用。眼见病情日渐严重，便派信使赶往江户，告知延迟出发事宜的是第三代将军德川家光，对在岛原起义[6]中讨伐敌将天草四郎时贞而立下大功的忠利甚为挂念，三月二

①宽永十八年：公元1641年。

②肥后国：日本旧国名，位于今熊本县。

③从四位下左近卫少将兼越中守：从四位下、左近卫少将和越中守都是官位的级别。

④细川忠利：肥后细川熊本藩的第一代藩主。

⑤大名：日本古时封建制度对领主的称呼。

⑥岛原起义：日本江户幕府初期，九州岛原半岛和天草岛农民与天主教徒反对幕藩封建压迫和宗教迫害的大起义。

十日令松平伊豆守、阿部丰后守、阿部对马守联名下达指令书，派针灸师以策赶赴肥后为其医治。三月二十二日，又送去了同样联名的指令书，派出一位名为曾我又左卫门的上使[①]。此番待遇，对于大名来说，可谓极其厚重。自三年前宽永十五年春、岛原征讨平定战乱以来，德川家赐地赏鹤[②]，平日里本就对忠利极尽殷勤。此次闻其病重，给予如此大限度的慰问也在情理之中。而在这之前，忠利的病情就已迅速恶化，于三月十七日申时去世，享年五十六岁。其妻为将军家养女、小笠原兵部大辅秀政之女，名千方，时年四十五岁。长子六丸于六年前行元服之礼[③]时，被赐光字，名为光贞，时年十七岁，为四位下侍从兼肥后守。正值光贞前去江户谒见，行至远江国的滨松，听闻讣告后又折回。光贞后改名为光尚。次子鹤千代自小便在立田山的泰胜寺做事，后成为京都妙心寺出身的大渊和尚之弟子，名为宗玄。三子松之助寄养在旧交长冈家中。四男胜千代为家臣南条大膳的养子。忠利膝下还有二女，长女藤姬为松平周防守忠弘之妻，次女竹姬之后嫁给有吉赖母

---

①上使：日本江户幕府派往各大名处的使者。

②赏鹤：此处赏赐的鹤为鹰猎中捕获的鹤。

③元服之礼：日本古时男子的成人仪式，改梳成人发型，改穿成人服装，戴冠，并改幼名。

英长。忠利为三斋[①]的第三子,四子中务大辅细川立孝、五子刑部细川兴孝、六子长冈式部细川寄之。上有两个冠长冈姓的兄长和两个嫁给前野、长冈两家的姐姐。还有两个妹妹多罗姬和万姬,分别嫁给了稻叶一通和乌丸中纳言光贤。万姬的女儿祢祢姬后与忠利长子光尚成婚。隐居的三斋尚健在,已七十九岁高龄。在其亲族中,有像长子光贞一样待在江户、京都或其他远地的人,相比他们,侍奉在熊本宅邸亲历忠利去世的人们,其悲痛更为深切。六岛少吉和津田六左卫门二人被派往江户传递讣告。

三月二十四日为头七。四月二十八日,安放在宅邸起居室地下的棺材被抬上来,据江户方面的指示,于饱田郡春日村岫云院进行火化后,葬在高丽门外面的山上。次年冬天,这个灵屋[②]的下面建起了护国山妙解寺,与泽庵和尚同门的启室和尚,从江户品川东海寺前来担任住持。启室和尚在寺内的临流庵隐居之后,由忠利已经出家的次子、法号天岸和尚的宗玄继承住持。忠利的法号为妙解院殿台云宗伍大居士。

在岫云院进行火化依据了忠利的遗嘱。生前某日,忠利外出猎捕水鸟,曾在岫云院饮茶休憩。突然注意到自己的胡

---

①三斋:忠利的父亲细川忠兴。

②灵屋:灵庙,祭祀祖先、贵人等魂灵的场所。

子有些长，便向住持借剃刀。住持用盆取了水，拿了剃刀给他。“这刀是不是剃过很多死人的头？”在侍童给自己剃胡子时，忠利开玩笑地问道。住持左右为难，不知该如何回答。自那时起，忠利便与这位住持交好，将火葬也定在这里。

正当火葬时，陪同灵柩而来的家臣中有人叫道：“啊，快看鹰，快看鹰。”寺院内杉树包围着的、靛青色的天空下，圆形石井上方犹如斗笠般垂下来的叶樱之上，有两只鹰在盘旋。就在人们觉得不可思议的时候，这两只鹰嘴尾相接，落入樱树下的井里。寺门前跑过来两名男子，停在井边，手扒住井口，朝井内看。两只鹰已沉入水底，茂盛的蕨类交织的水面，犹如镜子一样反射着光，已经恢复了原本的平静。原来这两人是养鹰人，那两只落入井底的鹰是忠利之宠，名为“有明”“明石”。人群中开始有人小声低语：“难道这两只鹰也是殉死？”因为自忠利病逝当日起直至前日，已有十余人殉死。前日就有八人同时切腹，昨日也有一人，家中没有一人不曾想过殉死。这两只鹰是如何趁机逃出来的，又为何像追捕猎物一样坠入井底，无人知晓，也无人想要深究。这两只鹰备受忠利的宠爱，又在火葬当天飞落到岫云院的井里，这一切有目共睹，因此人们便有充分的理由相信，这两只鹰也是殉死的。

中阴[1]于五月五日结束。以宗玄为首，既西堂、金两堂、天授庵、听松院、不二庵的僧侣们一直在做法事。直至五月六日，仍旧有人陆续殉死。不用说殉死的本人及双亲兄弟妻儿，就连毫不相干的人也是如此。人们无心接待从京都来的针灸师和从江户来的上使，只是一心想着殉死的事情。往年端午用来铺屋顶的菖蒲也无人采摘，甚至本该庆祝第一个男孩节的人家，也像忘了孩子的出生一样，家中寂静无声。

殉死有一些规矩，即不论多么思念主公，也不是谁都能随便殉死的。如同和平年代江户参谒的随行，战时跟随上战场一样，想要追随到死出山、三途川[2]，也须经主公的同意。未得允许而死的，是为"犬死"。武士以名誉为重，不能"犬死"。冲进敌营战死沙场拥有无上的光荣，而违背军令擅自进攻而阵亡的则没有功名。这与"犬死"一样，乃未经允许的妄为之举。偶尔有"犬死"的，是因为他深得主公厚爱，与主公之间形成了默契，即便没有许可也会被算作得到了许可。如同释迦涅槃后诞生的大乘教法，虽未得释迦的许可，但释迦知晓过去、现在、未来，事先已知道会有此教法出现，因此可以认为已经取得了他的默许。

---

①中阴：佛教说，人死后以至往生轮回某一道为止的一段时期，共有四十九天。此时期亡者的灵体叫作中阴。

②死出山、三途川：都指冥府、黄泉。

那么如何才能获得许可呢？在此次殉死的人中，内藤长十郎元续的方法不失为一个好例子。长十郎平素服侍忠利的文书案头，深得忠利厚爱，得以在病床前寸步不离地照顾。忠利自觉时日不长，便对长十郎说："待我临终时，把那幅写着'不二'二字的字幅挂到我枕边。"三月十七日，病情愈发严重，忠利吩咐："将字幅挂上。"长十郎照做了。忠利看了它一眼，合上了眼睛。不一会儿，忠利称两腿疲软。长十郎便将棉睡衣的下摆轻轻卷起，为他按摩。两人都目不转睛地注视着对方。

"长十郎有一事相求。"

"何事？"

"主公病情虽重，但有神佛庇佑、良药起效，我每日都在企盼主公早日痊愈。可就算这样也怕发生不测。若真有那么一日，请让长十郎陪伴主公左右。"长十郎说着，将忠利的脚轻轻抬起，贴在自己的额头上，眼里充满了泪水。

"这可不行。"忠利翻了个身转向旁边。

"请主公不要这么说。"长十郎再次将忠利的脚贴在了自己的额头上。

"不可，不可。"忠利说着，扭过脸去。

旁边有人说道："身为后生，适可而止吧。"长十郎当时才十七岁。

“拜托您了。”长十郎第三次将忠利的脚贴在了自己的额头上，声音哽咽着说道。

“真是个顽固的人啊。”忠利语气带有责备，却点头首肯了。

“是。”长十郎应道，两手抱着忠利的脚，静静地趴在床后。此时，长十郎内心犹如攻克难关抵达目的地一样松弛安定，已无力关心其他事，就连眼泪落在背后榻榻米上也不知。

长十郎虽只是一平凡小卒，没有立下什么显赫功劳，但是忠利一直对他关爱有加，留他在身边。长十郎喜欢喝酒，难免会在酒后做出一些失礼的举动。忠利非但不怪罪，反而笑言：“这不是长十郎的错，是酒的错啊。”主公的恩情不得不报答，自己的过错也不得不弥补。自忠利病重以来，长十郎就深信只有殉死才能回报这份恩情。然而，仔细揣测他的内心时，就会发现殉死的念头除了自发的之外，还根植于他人的看法中。当其他人都认为自己应该殉死时，自己就不得不殉死。如果自己不殉死，定会遭受令人恐惧的侮辱。长十郎虽有这样软弱的一面，但对死却丝毫不怕。因此请主公务必允许自己殉死的念头，占据了他整个大脑。

过了一会儿，长十郎感觉到抱在手里的主公的双脚在有些用力地踩蹬，明白主公又觉得腿脚发软了，便像刚才那样轻轻地按摩起来。此时长十郎心里想起了自己的老母亲和妻子。殉死者的遗族会受到主公家的优待,殉死可以换来家人稳定的地位,想到这些,长十郎的脸色变好了一些,他觉得自己可以安心地去死了。

四月十七日早,长十郎穿戴整齐,来到母亲面前,首次表明自己的殉死之意,向母亲辞行。母亲丝毫不惊讶。虽各自都没有明说,但是母亲明白,今日便是儿子切腹之日。如若长十郎说不切腹,反而会让母亲大吃一惊吧。

母亲叫来在厨房里忙活的、长十郎才娶进门的妻子,问是否准备妥当。妻子立刻起身,从厨房搬来早已准备好的杯盘。和母亲一样,妻子也早知今日长十郎要切腹,梳妆好头发,换上了较好的衣裳。婆媳神情凝重,从妻子泛红的眼眶可以看出在厨房里哭过。杯盘已经放好,长十郎唤来他的弟弟左平次。

四人默默饮酒。酒过三巡,母亲说道:“长十郎,这是你爱喝的酒,多喝点儿无妨。”

“确实如此。”长十郎微笑着又喝了几杯。

过了一会儿,长十郎对母亲说道:“酒醉得恰到好处。大约因着这几日劳心操办各种事情,这酒比往日更醉人,母亲容我告辞休息片刻。”说着,长十郎便起身进入起居间。他一进门就滚倒在地,打起鼾来。妻子悄悄跟着进去,为丈夫放好枕头。长十郎在梦中“嗯嗯”地嘟哝了两句,翻了个身继续打鼾。妻子直直地盯着丈夫的脸看了一会儿，忽然慌忙起身跑出房间。她不想自己哭出声来。

家中一片安静。婆媳虽不言语，却都如同知道长十郎的决心一般，家中下人也心知肚明。因此无论厨房还是马厩，都不曾有笑声传来。

母亲、妻子和弟弟都待在各自的房间里悲伤，作为一家之主的长十郎在起居间里打鼾沉睡。在起居间打开的窗上，吊着下缀风铃的骨碎补[①]。那风铃时不时微鸣，若有所思。下方有一个在大概一丈高的石头顶部挖出来的洗手盆，水盆上搭着一把缠柄的取水勺，一只大蜻蜓停在上面，翅膀垂下犹如山形。

过了一两个时辰，已过中午。虽然妻子已经吩咐女佣们准备了午饭，但不知婆婆要不要吃。她想去问问却有些犹豫，怕婆婆误解自己在这种时候还想着吃饭的事。

这时，介错人[②]关小平次来了。婆婆唤来妻子，妻子默默地双手触地跪问安好之后，婆婆说道："长十郎说休息片刻，但已过了不少时辰。正好关大人来了，你去叫醒他吧。"

"婆婆所言极是，还是不宜睡太久。"妻子说着，便起身去

---

①骨碎补：一种蕨类植物，可以用来观赏，也可入药。

②介错人：在切腹自尽时，那位被找来作为切腹者助手在最痛苦一刻将其斩首的人被称为介错人，一般是切腹自杀者的亲友。

叫醒丈夫。

她来到房间，就像刚才给他放枕头一样，直直地盯着他的脸。这是来叫醒丈夫赴死啊，她不知如何开口。

可能从庭院照进来的阳光有些耀眼，长十郎一直脸朝屋里，背窗而睡。

“夫君。”妻子开始唤道。

长十郎没有睁眼。

于是妻子便凑过去，把手搭在丈夫耸起的肩上。长十郎“啊”的一声，张开双臂，睁开眼睛，“嗖”的一下坐起身。

“夫君休息得很好。母亲大人说太迟了不好，便唤我来叫醒你。关大人已经到了。”

“是吗？那看来已是下午了。原本想休息片刻，但是又醉又累，不知睡了多久。现在我已神清气爽。吃点儿茶泡饭，就得去东光院了。你告诉母亲大人一声。”

武士在战事前不会饱餐，但也没办法空着肚子去做重要的事情。长十郎实际上是想小睡片刻，不想却睡过了头，听到已是下午，便说要吃点儿东西。一家四口像往常一样平静地共用午膳，这份平静却不过做做样子罢了。

长十郎做了些准备，便和关小平次一同前往菩提所[①]东

①菩提所：供奉着先祖牌位的寺庙。

光院切腹自尽。

与长十郎的恳求相同，在这些平生深受主公照顾的家臣中，先后共有包括长十郎在内的十八人，请求忠利并获准殉死。他们都是深得忠利信赖的武士，所以在忠利的心中，他很想让这些人活下去辅佐自己的儿子光尚，并且他觉得让这些人跟自己一起去死太过残忍。然而他却不得不忍痛向他们表示许可，实属无奈。

忠利相信，这些平日与自己相当亲密的部下都不是贪生怕死之徒，自然不会将殉死视为痛苦。然而，如果自己不许可他们，让他们继续活下去，那又会怎么样？恐怕所有的家臣都会认为这些人在当死的时候贪生，是忘恩负义、懦弱卑怯之徒。如果仅仅是这样，或许他们还能够忍受。这种“忘恩负义、懦弱卑怯之徒”的说法还好，然而如果有人说他们是前代主公使用过的东西的话，那么他们大概就没办法再忍受了，他们不知会有多么的失落啊。想到这些，忠利便没办法拒绝。因此，抱着更甚于病痛的悲伤，忠利表示了许可。

当获许可的家臣达到十八人时，身处治乱之世五十余年、深谙人情世故的忠利开始在病痛中认真地思考对于自己和这十八位武士即将到来的死亡。生者定会走向灭亡，病树前头万木春。也许在光尚周围侍奉的后生们看来，这些老臣是一种累赘，已经没有了存在的必要。自己虽想让他们活着，希望他们像侍奉自己一样去侍奉儿子光尚，但是想要侍奉光尚的人已有很多，自己任用的这些老臣，多年来尽职尽责，必定也招致了旁人的怨恨，肯定会受人嫉妒。这样看来，硬要他们活着也许并不是一种通情达理的想法，允许其殉死反而才是一种慈悲吧。这样想着，忠利的心里多少有些慰藉。

获准殉死的十八人有寺本八左卫门直次、大冢喜兵卫种次、内藤长十郎元续、太田小十郎正信、原田十次郎之直、宗像加兵卫景定、同吉太夫景好、桥谷市藏重次、井原十三郎吉正、田中意德、本庄喜助重正、伊藤太左卫门方高、右田因幡统安、野田喜兵卫重纲、津崎五助长季、小林理右卫门行秀、林与左卫门正定以及宫永胜左卫门宗佑。

寺本的先祖名为寺本太郎，居于尾张国[①]的寺本。其子内膳正侍奉于今川家。内膳正的儿子是左兵卫，左兵卫的儿子是右卫门佐，右卫门佐的儿子是与左卫门。与左卫门在出兵朝鲜时跟随加藤嘉明[②]立下战功。与左卫门的儿子是八左卫门，他在围攻大阪城的战役中，曾在后藤基次[③]麾下效力。被细川家招纳后，取得千石之俸，做了五十人火枪队的首领。

---

①尾张国：日本旧国名，位于今爱知县西半部。

②加藤嘉明：日本安土桃山时代和江户时代的大名。

③后藤基次：即后藤又兵卫基次，是原来播磨国大名别所长治的家臣三木城主后藤基国之子。

四月二十九日在安养寺切腹，时年五十三岁，由藤本猪左卫门担任介错人。大冢是一百五十石俸禄的横目，于四月二十六日切腹，介错人是池田八左卫门。内藤就是前面提到的长十郎。太田的祖父传左卫门曾侍奉于加藤清正[①]。忠广[②]在被剥夺封位之后，传左卫门与其子源左卫门成了浪人。小十郎便是源左卫门的次子，被细川家招纳为侍童，领一百五十石的俸禄。最先殉死的便是此人，于三月十七日在春日寺切腹，时年十八岁，担任介错人的是门司源兵卫。原田则有一百五十石俸禄，在忠利身旁当差，四月二十六日切腹，介错人是镰田源太夫。宗像加兵卫、同吉太夫这两兄弟是宗像中纳言氏贞的后裔，在其父清兵卫景延那一代开始被细川家所招纳。兄弟两人都是两百石之俸，五月二日分别在流长院和莲政寺切腹。前者的介错人是高田十兵卫，后者为村上市右卫门。桥谷是出云国[③]人，尼子[④]的后人。十四岁时为忠利招纳，作为俸禄一百石的近侍，担任主公餐前饭菜试毒一职。忠利病笃之时，常枕着桥谷的膝盖而眠。四月二十六日在西岸寺切腹。

---

①加藤清正：日本安土桃山时代、江户时代武将和大名，幼名虎之助，外号虎加藤，是初代熊本藩主。

②忠广：加藤清正之子。

③出云国：日本旧国名，位于今岛根县东半部。

④尼子：尼子十勇士，指日本永禄九年（1566）中国地区的豪族尼子氏灭亡后，举着复兴尼子大旗的山中鹿之助等十位旧臣。

正要切腹之时，依稀传来了城楼的太鼓声，他便吩咐跟随来的家仆去外面听听现在是什么时辰。家仆回来说道："只听到了最后的四下，不知道一共敲了几下。"桥谷和在座的人都笑了，桥谷说："临死前，你还把我们大家逗笑了，很好很好。"便让家仆取来短褂穿上，遂切腹。吉村甚太夫担任介错人。井原领取三人扶持[①]十石的切米[②]，介错人是阿部弥一右卫门的家仆林左兵卫。田中是创作了《阿菊物语》的阿菊之孙，忠利前往爱宕山求学时就熟络的旧友。他还悄悄谏阻过当时想要出家的忠利。之后，田中担任俸禄两百石的近侍。因算术好，派上了大用场。上年纪后，忠利特准他在其座前戴着头巾盘膝而坐。最初，田中请求殉死而未获恩准，后来便在三月十七日，拿着短刀插进肚子之后提出请愿书，终于获准。介错人是加藤安大夫。本庄是丹后国[③]人，在当浪人时被三斋公的内侍本庄久右卫门招纳。在仲津抓捕盗贼，被授予五人扶持十五石的切米俸禄。其取名本庄也是从那时开始。于四月二十六日切腹。伊藤担任奥纳户[④]一职，领取切米俸禄。于四月

---

①三人扶持：家臣俸禄的一种。每日一人五合米为一人扶持。合：体积单位，一合为十分之一升，约为一勺的十倍。

②切米：即切米俸禄，无封地，直接接受主公的钱粮作为俸禄。

③丹后国：日本旧国名，位于今京都府北部。

④奥纳户：司库，日本江户幕府掌管金银和器物、衣服等出纳的官职。

二十六日切腹，介错人是河喜多八助。右田是大伴家的浪人，被忠利以一百石招纳，四月二十七日在家中切腹，时年六十四岁。松野右京的家仆田原勘兵卫担任介错人。野田是天草家的家老野田美浓之子，被细川家招纳，领取切米俸禄。于四月二十六日在源觉寺切腹，介错人是惠良半卫门。津崎的事情另叙。小林领取二人扶持十石规格的切米俸禄，由高野勘右卫门担任介错人。林以前是南乡下田村的老百姓，被忠利以十人扶持十五石招纳，担任花畑馆的庭方[①]。四月二十六日在佛严寺切腹，介错人是仲光半助。宫永是二人扶持十石之俸的家政官[②]，是最先向忠利请求殉死的人。于四月二十六日在净照寺切腹，介错人是吉村嘉右卫门。这些人中，既有埋葬在各家菩提所的，也有埋葬在高丽门外山中灵屋旁的。

领取切米俸禄的殉死者人数较多，其中以津崎五助的故事最为有趣，特在此叙述。

五助领取二人扶持六石的切米之俸，是忠利的牵狗人。他经常陪主公外出放鹰打猎，很受主公喜欢。五助虽然求得了殉死的许可，但是所有家老都对他说："其他殉死的家臣们

---

①庭方：官职名，相当于秘书。

②家政官：管理家中财务，礼法，记录，向众家臣传达命令，管理近侍、家童、医师、儒官（负责向将军讲授经典，掌管教育）、右笔（掌管文书、记录）等家臣。

都是官高显赫之辈，而你不过是个牵狗人罢了。你殉死之志可嘉，承蒙了主上的恩准，此乃至高荣耀。这就足矣，别再想着殉死了，好好侍奉下一任主公吧。”五助却怎么也不听，几日后他牵着先前一直陪伴忠利的狗去了追回田畑[①]的高琳寺。其妻目送他至门口，说道：“你也是个男子汉，不要输给那些达官贵人。”

津崎家的菩提所是往生院，但是五助考虑到往生院与主公并无渊源，因此决定在高琳寺殉死。他来到墓地，发现之前所托的介错人松野缝殿助已等候在那里了。五助取下肩膀上的浅蓝色包袱，从中取出饭盒。他打开饭盒，将里面装着的两个饭团放在狗的面前。狗并没有立刻吃掉，摇着尾巴望着五助。五助像对人说话一样对狗说道：“你是畜生，也许不知道，以前经常抚摩你脑袋的主公大人已经去世了，所以那些承恩的权贵之众都要切腹陪伴主公。我虽是一介下官，但是和那些权贵一样，靠着主公的扶持才活着。承蒙主公的恩准，于今日切腹自尽。我死之后你就成了可怜的野狗。以前陪伴主公的老鹰也已经飞入岫云院的井中殉死了。怎么样？和我一同殉死吧。如果你即使变成野狗也想活命，就吃了这饭团。如果愿意死就别吃。”

---

①追回田畑：地名，位于今熊本县境内。

五助望着狗,狗也望着他,一点儿也没有要吃的意思。

“如此看来,你也愿意死了?”

狗叫了一声,摇了摇尾巴。

“好,虽然有些残忍,我就送你一死。”五助说着便抱起狗,拔出短刀一刀捅了进去。

五助将狗的尸体放在一旁,从怀里取出一张纸,将它展开,用小石块压住放在面前。这是一张半纸[①],五助学着歌会[②]上的样子,将其折成两半,上面写着“家老皆劝阻,不屈是五助”,就像平日所作的诗歌一样。纸上没有署名。因为五助觉得上面已有“五助”两个字,所以不必重复署名。这样单纯的想法倒也符合习惯。

如此一来便没有什么疏漏了,五助说道:“松野君,拜托了。”说完就安心坐下,解开衣服。他反手拿起还沾着狗血的短刀,高声说道:“不知养鹰人怎么样了,我这牵狗人可要来陪您了。”一声痛快的大笑之后,他在腹部切下一个十字。松野从背后砍下了他的脑袋。

五助虽然地位卑微,但其遗孀受到了殉死者遗族应有的扶助。之所以是遗孀接受,是因为家里唯一的男孩很早便出

---

①半纸:日本纸,规格为长 24—26 厘米,宽 32—35 厘米。

②歌会:和歌会。

了家。遗孀享受五人扶持的待遇，并且得到了新宅，一直活到了忠利三十三年忌。五助侄子的儿子成为第二代五助，从此代代在村上任职侍奉主公。

除了得到忠利许可的十八人之外，还有一个名叫阿部弥一右卫门通信的人也殉死了。此人起初姓明石，幼名猪之助，很早便在忠利近旁侍奉，领一千五百石的俸禄。岛原之战中，五个孩子中就有三人因立军功而各得两百石俸禄。家臣也都认为他应该殉死，他本人也在每次轮到为忠利守夜时，请求主公准他殉死。但是忠利无论如何也不答应。

“你想要殉死陪伴我的心意我领了，你还是活下去侍奉光尚吧。”无论请求多少次，忠利总是这个回答。究其原因，忠利有一个“不听弥一右卫门的话”的毛病。这个毛病很早以前就有了，早在弥一右卫门还以猪之助之名担任侍童的时候，忠利就会在猪之助询问自己“是否用膳”的时候，回答：“还不饿。”而换作其他侍童的话，则回答：“好，上菜。”忠利一看到这个人的脸就想反其道而行之。不过忠利却从来没有责骂过猪之助。因为没有人比他更加勤勉、谨慎，有时候真的想责骂他了却也挑不出毛病。

别人要吩咐了才做的事情，弥一右卫门不用吩咐就做。别人要请示了才做的事情，他不用请示就做。可偏偏他做的所有事情都切中要领，无可挑剔。但是主公就是不待见他，弥一右卫门咽不下这口气，“变本加厉”地侍奉着主公，希望主公可以确实看到自己的努力。然而忠利还是不喜欢他。最初忠利只是看到他的脸就不知怎的想要反其道而行之，后来知道了他是忍气在侍奉，心生憎恨。但是聪明的忠利知道弥一右卫门之所以变成这样，全是因为自己。他想要改掉这一点，但是随着时间的推移，已经变得很难纠正。

谁都有喜欢或者厌恶的人，至于究竟为何喜欢或者厌恶，却往往没有具体的理由。忠利不喜欢弥一右卫门也是这样。不过弥一右卫门无疑也有些让人难以亲近的特质，从他挚友很少这一点便可以看出来。所有人都把他当作了不起的武士尊敬，但没有人想轻易尝试接近他。即使偶尔有人好奇想去尝试，但是不久之后就会失去耐性。当他还叫猪之助，留着额前头发的时候，有一个比他年长、经常和他说话并且帮助过他的侍从说道：“阿部这个人根本没法亲近。”于是便放弃了努力。如此想来，忠利想要改掉自己的这个毛病却总是改不掉的问题也不足为怪了。

总之，在弥一右卫门多次请求不成中，忠利病逝。在忠利弥留之际，弥一右卫门一直注视着他的脸，说：“我弥一右卫门从未求过人，这是我这辈子唯一的请求。”忠利也望着他说：“不，你还是去侍奉光尚吧。”

弥一右卫门深思熟虑之后下了决心。以他的身份，如果不去殉死而苟活着，那今后将无颜以对家臣。除了犬死和当浪人离开熊本之外，再无别的路可走。但他又想：“我就是我。是的，武士不是小妾，不会因不受主公喜欢而失去地位。”他就抱着这样的想法，一如既往地服侍新主公。

到了五月，十八人都已殉死。熊本城中到处都在谈论：谁死前说了什么，谁比其他人死得更漂亮，除此之外没有别的话题。虽然一直以来很少有人对弥一右卫门说工作以外的事情，但从五月七日开始，他来到殿上的值守所，更觉得寂寞。此外，他还意识到同僚不和自己打照面，或是偷偷地从旁边看，从背后看，让人非常不愉快。“我不是一个贪生苟活的人，无论其他人如何揣测我，都不能说我是个怕死之徒。如果现在让我死的话，我一定会欣然接受。”他这样想着，便昂首挺胸地去了殿上，又昂首挺胸地离开。过了两三天，更有一种不堪的说法传到了弥一右卫门的耳朵里。也不知道是谁先说的：“阿部好像庆幸没有得到许可。谁也没说没有许可就不能切腹，阿部这肚皮看来和其他人不一样。葫芦上抹点儿油都能切腹。”弥一右卫门想：“别人想诋毁怎么说都行，可是好像在别人看来，我横竖都是一贪生怕死之徒。果真如此吗？好，那我就拿抹了油的葫芦切腹给你们看。”

弥一右卫门当天从殿上回来之后，急忙派人将另住在外的两个儿子叫回山崎的宅邸。他让人把起居间和会客间的挡板拆掉，让长子权兵卫、次子弥五兵卫以及还留有额前头发的五男七之丞三人坐在自己的旁边，面带严肃的表情等候另外两个儿子。权兵卫幼名权十郎，曾在岛原战役中取得傲人功勋，获二百石俸禄，其能力绝不逊于父亲。关于殉死这件事，他只问过父亲一次："主公还没有许可吗？"弥一右卫门回答："没有。"除此之外，两个人再无其他对话。父子是知道对方想法的，不用事事都说明白。

不多时，便见两盏灯笼进了大门。三男市太夫、四男五太夫两人几乎同时进到玄关，脱去雨具进入房间坐下。从中阴的次日开始一直就是连绵的雨天，梅雨季节昏暗的天空未曾放晴过。即使开着障子门，仍然闷热无风。烛台上的灯火却摇曳着。一只萤火虫穿过院子里的树丛。

望着在座的众人，主人弥一右卫门开了口："深夜派人叫大家来，难得大家都来了。家臣中的传言，想必大家都已经听说了。他们说我弥一右卫门这肚子得用抹了油的葫芦来切。所以今天我便要用这抹了油的葫芦切腹。请大家帮我见证。"

市太夫和五太夫也因岛原军功，各自得到了两百石的俸禄，在外安了家。其中市太夫很早便做了幼主的侍从，在新主公继任之后，成为让人羡慕的人。市太夫跪膝向前："原来是这样。明白了。同僚说弥一右卫门大人那是遵照先任主公的遗言继续留下来侍奉的,父子兄弟还像以往那样一同当差,真是可喜可贺。这些听来都话中有话,着实让人不舒服。”

父亲弥一右卫门笑道:“确实是这样。不要搭理那些只顾眼前的目光短浅之人。若本不该死的我死了,那些人大概又会侮辱你们,说你们父亲是犬死。生为我儿这就是命运,无法逃避。如果受辱则一起承受,兄弟间不可争吵。那你们就好好看我用葫芦切腹吧。”

说完这话,弥一右卫门便在儿子们面前切腹,后又从左到右自行刺穿脖子而死。一直猜不透父亲心意的五个孩子此时虽然悲伤,但同时也感到自己逃离了之前的不安心境,卸下了一份重担。次子弥五兵卫对权兵卫说道:“大哥,父亲说让我们兄弟间不可争吵。对这一点谁都没有异议。我在岛原之战中失利,连封地也没有得到,所以恐怕大哥今后会有麻烦。但不管发生什么,请相信你手里永远都有我这支可靠的长枪。”

“这我明白。虽不知道以后会怎么样,但是我得到封地跟你得到是一回事。”权兵卫说完,将手抱在胸前,皱起了眉头。

“是啊。还不知道今后会怎么样。肯定会有人说父亲的切腹与得到许可的殉死不一样。”四男五太夫说道。

“这是显而易见的。无论遇到什么,”三男市太夫说到这儿,看着权兵卫的脸,“无论遇到什么,我们兄弟要团结一致啊。”

“嗯。”权兵卫虽然答应道,但似乎并没有释然。权兵卫虽然内心安慰着弟弟们,但是他不是会说漂亮话的人。任何事情都喜欢一个人思考,单独行动,不会找人商量。因此,弥五兵卫和市太夫才会强调刚才的话。

“哥哥们都团结一致,所以不会有人随便说父亲的坏话的。”还留着额发的七之丞说道。虽然他的声音好似女孩子,但话中包含着坚定的信念。仿佛一道光照亮了黑暗的前途,也照亮了众人的心。

“那么我去告诉母亲,把女仆们都遣散了吧。”权兵卫说着便起身离席。

从四位下侍从兼肥后守光尚完成了继位。家臣们或是得到了新的封地,或是加俸、调动。其中殉死的十八武士各家,都由长子继承了家业。只要家中有长子,不管多么年幼都不例外。殉死者的遗孀、父母得到扶持,领受新宅,连房屋的建筑修缮工作也由上面安排。因为这些都是与先主非常亲近的人家,连黄泉之路也要和先主一路做伴,因此家臣们对此只是羡慕,却丝毫没有嫉妒。然而,阿部弥一右卫门的遗族在继承家业时,却得到了一种奇怪的处置——长子权兵卫没能原原本本地继承父亲的所有家业。那一千五百石的领地也被细分给了众位兄弟。虽然从阿部家族的领地面积来看,和之前并没有改变，但继承本家的权兵卫却变成了一个封地平平的家臣。权兵卫的脸面无疑大损。弟弟们的领地虽然增加了，但没有了之前一千多石本家这棵大树的庇护，现在所有人的生活情况实际上都变得很麻烦。

为政只要按规矩行事，便无人询问缘由。一旦做出了奇怪的处置，就会有人议论是谁出的主意。在今主身边，有一位受他重用的大目附，名叫林外记。这个人有点儿小聪明，服侍年幼的光尚还算合适，但是有些不识大局。他认为阿部弥一右卫门是在没有得到先主的许可下殉死的，所以应当加以区别对待，因此献上了分割阿部家俸禄的计策。光尚虽善于思考，但处事尚不娴熟，再加上与弥一右卫门及其长子权兵卫等并不亲近，没有顾念之情。想到在自己手下效力的、较为熟悉的市太夫可以加封，便按照林外记所言进行了处置。

在十八武士殉死的时候，因在主公近旁服侍却没有殉死的弥一右卫门受到了家臣们的鄙视。隔了两三天，弥一右卫门也悲壮地切腹，但遭受的侮辱却不会轻易消失，谁都没有褒奖弥一右卫门的行为。既然主公家已经准许将弥一右卫门的遗体葬在灵屋旁，那就不应该在继承家业的问题上加以区别，按照其他殉死者一样处理便可。这样一来，阿部一家也有了面子，定会更加勤勉地服侍主公。然而主公家却采取了贬低的处理方式，这就等于认同了那些侮辱阿部一家的传言。权兵卫及其兄弟逐渐被同辈疏远，每日郁郁寡欢。

宽永十九年三月十七日是先主的一周年忌。灵屋旁边的妙解寺还未建成。向阳院已建好。忠利的牌位就被安放于此，由名为镜首座的僧人担任住持。在忌日到来前，紫野大德寺的天祐法师从京都南下而来。这次年忌将会盛大举办，从一个月前开始，熊本的城下町便已经忙于准备。

忌日那天，阳光明媚，灵屋旁樱花盛开。向阳院周围拉上了帷幕，步兵负责守卫。光尚亲自到场。他先为先主的牌位上香，随后为十八位殉死者的牌位上香。接下来殉死者的遗族被恩准上香，并领取带有主公家家纹的礼服和春装。其中，担任马回[①]及以上者领取的是长礼服，徒士是半长礼服，一般庶民则领取香奠。

仪式顺利结束，不过当中发生了一件事：阿部权兵卫作为殉死者遗族的一员，按照顺序来到忠利的牌位前。他上完香准备退下之时，突然拔出短刀，割断自己的发髻，将它供在牌位前。在场的武士们都被这突如其来的事情吓到了，茫然地愣在原地。权兵卫仿佛没事一样，镇定自若地退了五六步。这时终于有一个武士回过神来，一边喊道“阿部大人请留

①马回：骑马的武士。在大将坐骑周围负责警卫或传令的人，有时也参与决战。

步"，一边追上去将其拦住。接着又有两三个人站起来，将权兵卫带到了别的房间。

面对侍从的质问，权兵卫这样作答：诸位大概认为在下疯了，其实完全没有。正因为在下的父亲弥一右卫门一生毫无过错地侍奉先主，才使得他在未经先主许可的情况下切腹却仍能划入殉死者行列，甚至连身为遗族的在下也能先于其他人上香。然而主公似乎也知道在下难以如同在下的父亲那样侍奉主上，所以才把父亲的领地分割给众位弟弟。在下实在无颜面对先主、主公、亡父、族人、同辈。这样想来，便在今日上香之时，起了冲动，决心干脆不再当武士，甘愿承担不顾场合行事的罪名。

光尚听了权兵卫的回答很不高兴。第一是为权兵卫讽刺自己的行为感到不快；第二是为自己采纳了外记之策，做了本不需要做的事情而不快。这位年仅二十四岁、血气方刚的年轻主公，还不能很好地控制自己的情绪，缺乏以德报怨的宽大心胸。他让人将权兵卫关了起来。听此消息的弥五兵卫一族人决定闭门等待主公的处置。深夜他们聚在一起，为家族的前途出谋划策。商量的结果，阿部一族决定去请天祐法师帮忙。天祐法师因周年忌的法事还未离开。市太夫便前往法师住处告知此事的来龙去脉，并且拜托法师让主公减轻对权兵卫的惩罚。法师认真听完后说道："你们一家的遭遇实在让人同情，但是我不能评判贵主的政道。不过如果贵主要赐死权兵卫的话，我一定会请求他刀下留人。特别是权兵卫大人已经割断发髻，现在的身份同我一样，我无论如何也会请求主上饶他一命。”市太夫放心地回去了。一家人听了市太夫的转述，心中觉得有了希望。接下来几天中，天祐法师每次碰见主公，都想找个机会请求他留权兵卫一命，然而怎么也没有机会。因为光尚已经猜到了，如果自己在天祐法师逗留期间处置权兵卫，那么法师一定会请求自己饶他一命。而大寺院法师说的话，是不可充耳不闻的。光尚想等法师离开后再做处置。最终法师还是离开了熊本。

天祐法师一离开熊本，光尚立即派人将阿部权兵卫带到井出之口[①]斩首。处决的理由是对先主牌位以及对今主的不敬。

弥五兵卫一家聚在一起商量。权兵卫的所为无疑是蛮横无理的，但无论如何亡父弥一右卫门也是殉死者中的一员。作为其继承人的权兵卫，即使被赐死也无话可说。若被下令按武士的规矩切腹自杀也就不会有任何异议。然而这算是什么事？权兵卫居然像个盗贼一样大白天被人施以斩刑。虽然主公没有做出其他处分，但是作为被斩首犯人的同族，没有脸

①井出之口：熊本的地名。

面再和同僚一起侍奉主公。事已至此已无他法。弥一右卫门临死前说，无论发生什么，兄弟都不可分道扬镳，指的就是这样的时候。

一族人一致决定等候主公的征讨，共同赴死。

阿部一族人把妻儿都集中在权兵卫的山崎宅邸里，闭门不出。阿部家族的这些举动传到了主公的耳里。横目[①]便前去打探。但见山崎宅邸大门紧锁，出奇的安静。市太夫、五太夫的宅邸已空无一人。

讨伐军的阵容已经确定下来：负责指挥攻打正门的是侧者头[②]竹内数马长正，由小头[③]添岛九兵卫及野村庄兵卫辅佐。数马领有一千一百五十石的封地，是一支有着三十挺火器的火枪队的首领，由谱代[④]的乙名[⑤]岛德右卫门跟随。添岛和野村当时是一百石的小人物。负责指挥攻打后门的是五百石的侧者头高见权右卫门重政，也是一支三十挺火枪队的首领。辅佐他的是目附畑十太夫和竹内数马麾下的、当时还只是一百石的小头千场作兵卫。

①横目：隶属目附的官职，主要负责监督足轻、徒士等最下级武士的举动。

②侧者头：近侍的首领。

③小头：小队人马的首领。

④谱代：指数代人担任同样官职。

⑤乙名：官名，负责村町的行政事务。

讨伐军于四月二十一日被派出。前一天晚上，便在山崎宅邸附近安排了巡夜的人。夜深后，一个武士蒙面翻墙而出，被当时正在巡夜的佐分利嘉左卫门队的足轻丸山三之丞击毙。之后直到天亮都没有发生别的事情。

阿部家的近邻也早就接到了命令。其一，即使轮到自己值守也必须待在家里，防范火灾，不得懈怠；其二，不得进入阿部宅邸插手事务，但若有阿部家的败逃者，可以任意击毙。

阿部一族头一天便知道了征讨军要出动。他们首先彻底打扫了宅邸，将碍眼之物统统烧掉。随后老少聚集起来举行了酒宴。之后老人、妇女自杀，年幼者挨个儿刺死，然后再在院子里挖了个大坑把尸体都埋了。留下的都是精壮的青年。在弥五兵卫、市太夫、五太夫、七之丞四人的指示下，所有家臣都集中到了这个拆掉了隔扇、拉门的房间里。他们在这里敲击太鼓，高声念佛，等候天明。表面上是为了祭奠死去的老人妻儿，实际上是不让家仆们心生胆怯。

阿部一族固守的山崎宅邸之后为齐藤勘助的住所，对门是山中又左卫门之宅，左右分别是柄本又七郎和平山三郎两家。其中柄本家本是割据天草郡的柄本、天草、志岐三家之一，小西行长在统治肥后国半壁国土时，天草及志岐两家因罪被诛，只有柄本家留了下来，服侍细川家。又七郎平时与阿部弥一右卫门一家交好，且不说两家主人，就连妻女们也常互相来往。其中弥一右卫门家的次子弥五兵卫使得一手好长矛，又七郎也同样爱好长矛，熟络的两人经常互相比试，过程中友谊日渐深厚。自从听说先主在病中不允许弥一右卫门殉死的时候开始，又七郎就察觉到了弥一右卫门的心事，很同情他。随后弥一右卫门追随先主切腹自尽，家主继承人权兵卫在向阳院闹出事端且因此被处死刑，弥五兵卫和一族人守在宅邸闭门不出。阿部家接二连三地遭遇厄运，又七郎觉得这些都像发生在自己身上一样，心痛不已。

某日，又七郎吩咐妻子深夜前去阿部家探望一下。因为阿部一族的行为颇有以下犯上的意思，所以两家男人就不便打交道了。然而事实上，知道这件事来龙去脉的人都不会把这一族人当作恶人憎恨，并且两家还有多年深厚的交情。考虑到以妇女之身悄悄去探望，就算今后被人察觉到也有辩解的余地，所以又七郎才派了妻子前去探望。妻子听了丈夫的计划，便欣然带齐了饱含厚意的物品，夜深之后去了阿部家。又七郎的妻子是个坚强的女人，她心想：一旦今后此事被人察觉，就独自揽下罪名，不给丈夫添麻烦。

阿部一家非常高兴。春天里花开鸟鸣，而他们却不幸被佛祖与世人所抛弃，闭户于此。所以无论是派妻子探望的又七郎，还是领命而来的又七郎之妻，都着实让人感动。阿部家的女人们都哭了，对又七郎妻子说道：如此终结一生，大概世上再无人为我等祈福。请夫人想起我们的时候,为我们做一次法事。孩子们因为一步也不能踏出门外,所以一见到平日里待自己很好的又七郎妻子,便左右上去抱住她,不肯让她走。

讨伐军前往阿部家宅邸的前晚,柄本又七郎又细细地思考了一番。阿部一族与自己关系要好,所以才会冒着日后被惩罚的危险派妻子前去探望。明日讨伐军就要来了,这和主公征讨敌人是一样的。虽然上面下令要防范火灾,不得插手,但是身为武士,在这种时候是不能抱着双臂在一旁冷眼旁观的。情是情,义是义。作为武士我也有责任。于是入夜后,他蹑手蹑脚地从后门进入昏暗的庭院,将与阿部家相连的竹垣上的绳结全部砍断。然后回到屋内做准备,取下挂在横木板条上的长矛,脱去带有鹰羽图案纹章的矛套,等待黎明的到来。

作为征讨军前锋的竹内数马诞生在武誉兴盛之家。先祖是细川高国①麾下、善使强弓而闻名的岛村弹正贵则。享禄四年②,高国兵败摄津国③尼崎,弹正腋下挟持二敌兵跳海而亡。弹正之子市兵卫侍奉河内八隅家,一时自称八隅,后领有

①细川高国:战国时代的武将,大名。

②享禄四年:公元 1531 年。

③摄津国:日本旧国名,位于今大阪府和兵库县。

竹内越地区，便改称竹内。竹内市兵卫之子吉兵卫侍奉小西行长，在水攻纪伊国太田之城时立下战功，由丰臣太阁①赐予白绸上绣有红日标志的战阵羽织。朝鲜征战时作为小西家的人质，被关在李王宫里三年。小西家灭亡之后，被加藤清正以千石之俸招纳，后与主公起了争执，大白天离开熊本城。为了防备加藤军讨伐，他令士兵撤退时火枪装弹，火绳点火。之后，三斋在丰前以千石之俸招纳了他。吉兵卫有五子。长子也叫吉兵卫，行剃发之礼②后改称八隅见山。次子七郎右卫门，三男次郎太夫，四男八兵卫，五男就是数马。数马曾任忠利的侍童，征伐岛原时跟随主公身边。宽永十五年二月二十五日，忠利的手下正要攻城，数马请求道："请允许我担任先锋。"忠利不听。数马再次请战，忠利生气了，叫道："小鬼，你自便！"数马当时十六岁。忠利望着飞奔出去的数马，喊道："切不可受伤。"乙名岛德右卫门、提鞋人、持枪人跟着数马一同前去，主仆共计四人。城上枪火四射，岛德右卫门抓住数马的猩红色战阵羽织，把他往后拖。数马甩开岛德右卫门攀上了城墙，岛德右卫门也只得爬上去。终于可以进到城内大战一番了，数马手部负伤。从同一地点攻入城内的柳川家的立

①丰臣太阁：丰臣秀吉。
②剃发之礼：剃去婴儿头上的软发。

花飞弹守宗茂是一位七十二岁的老武士,目睹了这番战况,称赞渡边新弥、仲光内膳、数马三人有本事,起草了三人联名的军功状。攻陷城池之后,忠利赐数马兼光[1]的短刀,并加禄至一千一百五十石。那把短刀一尺八寸长,直线花纹无落款,带有横矬,赤铜色护手,金色的手柄,上有三个并排的银制九耀星。钉眼有两个,其中一个注了铅。忠利一直珍藏着这把短刀,即使赐给了数马,在登城等时候还是会经常说:"数马,把那短刀给我。"然后插在自己的腰间。

接到光尚让自己讨伐阿部的命令之后,数马高兴地回到值守的地方。一同僚冲他低声说道:"奸人也有长处。让你攻打正门,林大人这次是干了件好事。"

数马侧着耳朵听着:"什么?这次是外记谏言让我担此重任的?"

"是,外记大人告诉主公,数马是先代破格提拔的武士,请让他出征报答主公吧。这不是意外的幸运吗?"

"嗯,"数马眉间皱起了深深的"川"字纹,"好!数马我战死不惜。"他抛下这句话便突然起身离去。

光尚听闻了数马此番情状,便派人至竹内宅邸,告知数马:"切不可莽撞,事成之后顺利回来。"数马回复道:"请转告

①兼光:刀名。

主公，在下谨记主公之言。”

当数马从同僚口中得知外记推荐自己前去讨伐阿部之时，便下了必死的决心。这个决心异常坚固，完全不可动摇。外记说了要他向主公报恩。这话虽是意外听到的，可事实上毫无疑问，外记一定是这么向主公谏言的。如此想来，数马有些坐立难安。自己承蒙先主提拔，然而自元服之礼后，就未曾得到任何优待。谁都承蒙过主公的恩情，可为何偏偏要自己报恩呢？很显然，这是因为自己本该殉死却未死，那就该被派到战场上。本已将死置之度外，可为何在先主中阴之日却犹豫了呢？这是无解的问题。毕竟没有一个明确的标准来判断到底和主公有多亲近才要殉死。同样当差的那些年轻的近侍们，都没有得到殉死的指示，所以自己也活了下来。若可以殉死的话，自己会比谁都迅速。自己的这种觉悟谁都应当看得出来，可最终还是被打上了“应殉死却懦弱惜命之徒”的烙印，真是令人悲伤。自己被沾上了无法洗刷的污点。给别人施加这种侮辱的人，除了外记之外别无他人。外记做出此等事情也在情理之中，但是主公为何要听信谗言？自己能够忍受外记带来的伤害，然而被主公抛弃则是无论如何也忍受不了的。当年在岛原之战即将攻城之时，先主叫住自己是为了阻止那些故意加入先锋的马回。这次今主让自己不要受伤，则完全是另外一回事——今主的意思是让自己怜悯自己的性命。这哪里算什么值得感激的事情，就好比在伤口上撒盐。这真是想让人立刻去死啊——虽然死也洗刷不了污点。数马这么想着，手里的弓与盾已经按捺不住了。他只是简短地对妻子说主公让他征讨阿部，便一个人急忙准备战具。那些殉死者死前都是一种安心赴死的心态，而现在数马则是为了逃离内心的痛苦而急于寻死。乙名岛德右卫门察觉到了这一点，决心和主人一同战死。而其余人都不知道数马心中所想。数马今年二十一岁，他那去年才娶进门、看着还像小女孩儿的妻子却只能抱着不到一岁的女儿在他身边走来走去。

明日便是攻宅之日，于是这天夜里，数马用清水沐浴，剃成月代头[①]，用忠利赏赐的名香初音熏香头发，缠好洁白的袖带，系好白色头巾，在肩上贴上用于标记身份的角取纸，腰间佩带着二尺四寸五分长的正盛[②]。这是先祖岛村弹正在尼崎战死后的遗物。另外他还别上了初上战场时获赠的兼光。战马已在门口嘶鸣。

数马取了短矛，在下到庭院之前，把草鞋带系了一个正扣，然后把多余的鞋带用小刀割掉。

负责攻打阿部宅邸后门的高见权右卫门本是和田氏，是

---

①月代头：古代日本武士所梳的头型。
②正盛：刀名。

居于近江国和田的和田但马守的后代。最初跟随蒲生贤秀，但从和田庄五郎那一辈开始侍奉细川家。庄五郎在岐埠、关原一战中立下战功，在忠利兄长与一郎忠隆的手下效力，因此庆长五年①，当忠隆因妻子前田氏在大阪出逃而受到父亲的惩处、出家当和尚时，庄五郎陪着忠隆去过高野山、京都等地。后来三斋将他召至小仓，赐高见氏，任命为番头②，俸禄五百石。庄五郎之子便是权右卫门。权右卫门虽在岛原之战立有战功，但因违背军令，曾一度被剥夺官职。后又重返主公身边，当了侧者头。权右卫门穿上了黑色纺绸羽织袴，取出秘藏的备前长船的名刀佩在身上，然后取出了十字形矛尖的长矛，为作战做准备。

如同竹内数马身边有岛德右卫门，高见权右卫门也带着一个侍童。在发生阿部一族悲剧的两三年前的某日，这个侍童不当班，在房中午睡。另一个侍童服侍完主人回来，全身赤裸着正准备拿桶里的水去洗澡，却发现桶里没水，见高见权右卫门的侍童睡得正香，说道："我才服侍完我主人回来，你就不能帮我打桶水吗？"便踢了对方的枕头一脚，高见权右卫门的侍童立马跳了起来："如果我醒着，自然会给你打水。但是

---

①庆长五年：公元1600年。
②番头：负责主公近身侍卫的头目。

没打水你就能踢我的枕头了？我和你没完。”说着便拔刀向对方一阵猛砍。下个瞬间，高见权右卫门的侍童跨上对方的胸口刺死了对方，接着去乙名的房中告知事情经过。“我本当立即自尽，但想到可能会给大人添麻烦……”说罢便脱去衣服准备切腹。乙名说道：“你先等等。”然后便去告诉了权右卫门。权右卫门刚从衙门回来，连衣服都没有换，就赶往忠利的宅邸汇报这件事。忠利说：“情有可原，不用切腹。”从那时起，这侍童便舍命侍奉权右卫门。

此时，侍童背着箭筒，拿着短弓，跟在主人身边。

宽永十九年四月二十一日——一个收麦季常见的略微多云的日子。为了进攻阿部一族的山崎宅邸，竹内数马手下的士兵们于破晓时分抵达了正门。彻夜响着太鼓声的宅邸此刻非常安静，恍如空宅。大门紧锁，院子里伸出两三尺长的夹竹桃，枝头上结着一张蜘蛛网，上面挂着的夜间露水像是珍珠一般闪着光。不知从何处飞来一只燕子，一下子就蹿进了院墙。数马下马站定，看了一会儿便命令道：“把门打开。”于是两个步兵便翻过院墙进到宅子里。大门旁边没有人，两人便打破了锁头，抽出了门闩。隔壁的柄本又七郎听见了数马部下打开院门的响动，便踢破昨晚砍断了绳结的竹垣冲了过去。又七郎几乎天天来往阿部家，所以对阿部家的每个角落都很熟悉。他拿起短矛从厨房跑了进去。阿部一族关闭了大厅的门，打算在敌人闯进来的时候，出其不意地将对手一个一个地解决掉。弥五兵卫最先注意到后门有人，他也提着短矛进了厨房。

两人几乎矛穗碰矛穗地打了个照面。

“呀，这不是又七郎吗？”弥五兵卫说道。

“是的，之前我说过的，我提矛来见你了。”

“正好，看招。”

两个人各自往后退了一步，将短矛架到了一起。一番较量过后，又七郎矛术更胜一筹，重重地刺穿了弥五兵卫的胸甲。弥五兵卫一下扔掉了短矛，想要回到大厅。

“懦夫，别跑！”又七郎喊道。

“不，我不逃跑，我这是要切腹。”弥五兵卫丢下这句话，跑进了大厅。就在那一刹那，只听一声：“叔叔，看刀！”还留着额发的七之丞电光石火般跳了出来，刺了又七郎大腿一刀。刚将弥五兵卫刺成重伤，不由得有些懈怠，结果老练的又七郎却栽在了少年的手上。又七郎扔掉短矛倒在了那里。

数马一进屋内，便吩咐手下搜查宅邸的各个角落。他径直走到正前方大厅的门口，发现门开着一条缝。数马的手刚要伸向门，却被岛德右卫门挡在前面，急急地低声说道：“请您等一下。今日主人是总大将[①],在下愿意为您探路。”

岛德右卫门一把推开门跳了进去,立刻被等候多时的市太夫刺中右眼,摇摇晃晃地倒向数马。

“退下。”数马将岛德右卫门推到后面,便冲上前去,被市太夫和五太夫两杆长矛扎透了左右侧腹。

添岛九兵卫、野村庄兵卫跟着冲了过来。岛德右卫门也不顾疼痛折返回来。

这时,从后门破门而入的高见权右卫门也挥舞着十字矛,大肆刺杀着阿部家的侍从来到了大厅。千场作兵卫也跟着闯了进来。

前后两队人马杀入。即使已经拆除了拉门,这间大厅的面积也不足三十张榻榻米[②]。眼下的场景仿佛盛在盘中的千百条虫子在互相啃咬,惨不忍睹。

市太夫和五太夫只顾挥枪杀敌,全身上下受了数不清的伤。即使如此他们也不屈服,干脆丢下矛,拔刀四面挥砍。七之丞不知何时已经倒下。

高见的部下看到了大腿受伤、躺在厨房的柄本又七郎,便对他说:“你已受伤,打得很英勇啊,快点儿撤退吧。”又七郎咬

①总大将:即总指挥。

②三十张榻榻米:日本人经常用榻榻米的面积来描述房间的面积,一张榻榻米的面积是1.65平方米。

着牙痛苦地说道："我要是有撤退的力气，早就杀到里面去了。"这时，一个跟在又七郎后面的家仆跑来，把又七郎架在肩上退出了战场。还有一个柄本家的被官[1]天草平九郎，一直把守着主人的撤退路线，他拿着短弓不断射向敌人。

竹内数马手下的岛德右卫门首先战死，接下来是小头添岛九兵卫。高见权右卫门在持枪刺杀时，拿着短弓的侍童一直在他身边用箭射敌，随后又拔刀四处挥砍。就在这时，他突然发现有一支火枪正瞄准着主人。

"让我来挡住枪弹！"说着，侍童便挡在权右卫门面前，被火枪击中，当场毙命。从竹内军中抽出安排到高见军中的小头千场作兵卫身负重伤来到厨房，本想喝水缸里的水，但是失去力气倒在那里。

阿部一族最早死去的便是切腹自尽的弥五兵卫，市太夫、五太夫、七之丞最后也都伤重而亡，家臣也多有战死。

高见权右卫门聚集前后方的士兵，命他们将阿部宅邸后面放东西的杂物间推倒，放火烧尽。无风而多云的天空下，烟柱笔直上升，很远都能看到。之后，士兵们踩灭火苗又浇了些水，这才收兵。倒在厨房的千场作兵卫，以及其他受了重伤的人们都由家臣或同僚架在肩上离开。

---

①被官：侍奉上级武士的下级武士。

此时正好是未时。

光尚经常会到主要的家臣家中玩。在派人征讨阿部一族的二十一日,他破晓便去了松野左京的宅邸。站在自家宅邸的花畑看去,山崎就在不远的对面。因此光尚离开宅邸的时候,便听到了从那边传来的嘈杂声。

“开始进攻了啊。”光尚说着便钻进了轿子。

轿子刚走过一个街市,便有急报传来。竹内数马战死的消息就是此刻得知的。

高见权右卫门率领全部讨伐军回到光尚所在的松野宅邸前,禀告了已将阿部一族全部击毙的消息。光尚立即要见权右卫门,让他来到书院的庭院里。

篱墙上雪白色的水晶花开得正好,权右卫门打开小柴门进了院子,规规矩矩地跪坐在草地上。光尚见了,开口说道:“你受伤了,真是辛苦了。”高见身上那件黑色战袍上有许多血迹,并且还沾上了在收兵时踩踏灭火扬起的炭灰。

“不,这是擦伤。”高见答道。他被矛重重地刺中心窝,但是矛尖戳到了揣在怀中的镜子,结果滑开了——伤口流的血用擦鼻涕的纸都能擦干净。

权右卫门详细地汇报了进攻时各将的表现,将头功让给了孤身进入结果重伤的弥五兵卫邻居柄本又七郎。

“数马呢?”

“他从正门先攻进去，在下没有看到。”

“这样啊。你把所有人都叫到院子里来吧。”

权右卫门把一众人等都叫了进来。除了受重伤被架着送回包扎的人，所有人都跪拜在草地上。奋战过的人们身上沾着血污，而只是帮忙烧了杂物间的人身上仅有烟灰。畑十太夫就是其中之一。

光尚问道：“十太夫，你在战斗中表现如何？”

十太夫只是应了一声“是”，便跪伏着不再答话。他是一个胆小的人，战斗中一直在阿部宅邸的大厅外面徘徊，到了收兵前点火烧杂物间的时候才小心谨慎地踏了进去。最初，主公编配讨伐军行列时，他第二个出来。剑术家新免武藏[1]见了便对他说道：“此乃无上幸运，多立战功吧。”并在他背上轻拍了一下。结果十太夫吓得大惊失色，手抖得连裤裙上松开的带子都系不回去。

光尚起身，说道：“大家辛苦了，都回去休息吧。”

虽然让竹内数马的幼女找了一个女婿做养子继承家长之位，但是后来这家还是没能延续下去。高见权右卫门增封俸禄三百石，千场作兵卫、野村庄兵卫各增封五十石。米田监物

---

①新免武藏：即宫本武藏，日本战国末期至江户时代初期的剑术家、兵法家、艺术家。因与佐佐木小次郎决战而一举成名。晚年出仕于细川家。

派使者组头[1]谷内藏之允去了柄本又七郎的家中，赐予赞词。亲朋前来道喜，又七郎笑着说道："元龟天正年间，攻城野战如同便饭。和它相比，讨伐阿部一族完全是小菜一碟。"过了两年，正保元年的夏天，又七郎刀伤痊愈觐见光尚。光尚交给他十挺火枪，说道："如果想用温泉来根治创伤那就去吧。我会另赏你别墅，你选个地方。"于是又七郎得到了益城小池村的一块土地，后面山上是一片竹林。"把这竹林也交给你吧。"光尚说道。又七郎回绝了："山上的竹子平时也有用，发生战争时，更需要大量竹束，这些东西给我太过意不去了。"于是竹林便成了永代御预[2]的山林。

畑十太夫遭到了放逐。竹内数马之兄八兵卫因为私自参加讨伐，并且在弟弟战死时没有在场，主公让他闭门思过。另外还有个马回的儿子担任近侍，因为住的离阿部宅邸很近，所以便借着指示里的"防范火灾"免去了值守，和父亲一起上屋顶扑灭火星。后来觉得自己违背了免去值守的意思，因此向主公请辞。光尚说："你这也不是懦弱。以后多注意一下吧。"便继续任用他。后来这位近侍在光尚去世时殉死了。

阿部一族的尸体被拉到了井出之口进行审查。在用白川

---

①组头：武士官职，为番下各组的头目。

②永代御预：将林地永久托付给百姓管理，可以自由采伐，需要上缴小部分成木。

水清洗各个死者的伤口时,弥五兵卫身上被柄本又七郎刺穿胸甲留下的伤口比其他所有人的伤口都显得可怕。这使得又七郎极有面子。

大正二年一月

高瀬舟

高瀬舟

高瀬舟是往返于京都高瀬川上下游的小舟。在德川时代[①],京都的犯人一旦被宣告流放到离岛,犯人的家属就会被叫到牢房里,允许其和犯人进行告别。随后犯人被带上高瀬舟,押送到大阪。而执行此项押送任务的是京都町奉行[②]下属的小吏。一般来说,小吏会同意犯人的一名主要家属随同一起坐船前往大阪。虽然这并没有得到官方的正式认可,但实际上作为一项仁政,是被默许的行为。

当时被流放的犯人,一般都是犯下重罪的人。但大多数人并非是为了偷盗财物而杀人放火的凶恶之徒。被押上高瀬舟的犯人之中,有过半是由于一时行差踏错犯下了罪行。举

---

①德川时代:德川幕府时代,又称江户幕府时代(1603—1867)。
②町奉行:江户幕府的职称,掌管领地内都市的行政、司法。

一个很常见的例子吧，比如，当时有男女两人说好一起殉情，然而男方杀死了女方，自己却活了下来——犯人的罪行大多类似于这种情况。

高濑舟载着这样的犯人，在傍晚钟声响起时划离岸边。目送着岸边黑魆魆的京都街道的房屋，高濑舟会一直向东行驶横穿过加茂川[1]。在小舟上，犯人和家属彻夜长谈，来来回回都是再如何悔恨都无法改变的车轱辘话。押送犯人的小吏在一旁听着这些，也自然就详细了解到了犯人和家属的悲惨遭遇。而这些遭遇之惨往往是在町奉行法庭上听公开口供，或是在官衙桌前朗读犯人自述的官员们做梦也想不到的内容。

小吏当中也有各式各样的人，既有听到犯人和家属的长谈只觉得烦人，想捂住耳朵的冷漠之人，也有屡屡被犯人和家属的悲痛所感染，虽然由于身份所限感情不能外露，但感到心痛之人——那些脆弱的小吏，有时遇到陷入极其悲惨境地的犯人和家属，常常会不禁落下泪来。

因此，在町奉行所的小吏看来，押送高濑舟的工作，实在是一项令人生厌的倒霉差事。

那么，下面的故事是发生在什么时候的呢？大概是白河

---

①加茂川：由北向南流经京都的河流，长35公里。现称鸭川。

乐翁侯[1]在江户执掌政权，施行仁政的时候吧。

又是一年春天，当智恩院[2]的樱花散落在黄昏时分的钟声里时，高濑舟载上了一个犯下前所未闻的稀奇罪行的犯人。犯人名为喜助，是一个差不多三十岁，没有固定住所的男人。没有一个可以来牢房送别他的亲属，因此喜助一个人上了高濑舟。

担任这次押送任务的是小吏羽田庄兵卫，他只听说喜助的罪名是杀了自己的弟弟。然而，从牢房到栈桥押送喜助的一路上，在庄兵卫看来，这个脸色苍白、身体瘦弱的喜助看上去一直是老老实实的样子，对自己这个公家人的态度可谓是恭恭敬敬，没有半点儿忤逆之举。而且，这种姿态也并非犯人中常见的佯装温顺、对权势谄媚的态度。

庄兵卫对此觉得很不可思议。因此上船之后，他一直细心地观察着喜助的一举一动。

风在黄昏时分停息。那一天，薄薄的云朵笼罩着天空，淡淡地透出月亮的轮廓。渐渐逼近的夏日温热，从岸边的土地里悄悄探出，徐徐上升。高濑舟驶离下京[3]的街道，横穿加茂

①乐翁侯：江户时期大名、政治家、陆奥国白河藩第三代藩主松平定信（1758—1829）的别称。

②智恩院：现名知恩院。净土宗总本山寺院，位于京都市东山区。

③下京：京都的下京区。

川的时候，周围一片寂静，只听见河水拍打船头的声音。

夜晚，犯人可以在船上休息，但喜助并没有躺下，而是一直沉默地仰望着随云朵的浓淡变化忽明忽暗的月亮。眉头舒展，双目含辉。

庄兵卫虽然看似没有认真端详喜助，但实际余光一直没有离开他的脸。庄兵卫内心不断地感叹："太不可思议了，太不可思议了。"因为无论他怎么打量，喜助的表情都充满了欢欣之情，若非碍于小吏在场，恐怕他都能吹起口哨、哼起小曲儿了。

庄兵卫暗忖道：迄今为止不知引领过多少次高濑舟，然而之前的犯人基本都一个样，全是一副让人不忍目睹的可怜劲儿。这个男人究竟是怎么回事呢？他仿佛置身于游船上一般怡然自得。他的罪名是杀弟，即使他的弟弟是个十恶不赦之徒，或者无论是因何理由犯下杀人罪，人的内心应该多少会残存一丝感情。可是从这个脸色苍白的瘦弱男子身上却看不出一分一毫。"莫非他是世间罕见的恶人？"但似乎又并非如此。"莫非他是个疯子？"不，不，如果说是疯子的话，喜助的一举一动却没有任何不妥之处。"这个男人究竟是怎么回事呢？"越是思考喜助的态度，庄兵卫就越是迷糊起来。

过了一会儿，庄兵卫终于忍不住开口问道："喜助，你在想些什么吗？""是。"喜助回答道。他环视四周，一副生怕是自己犯了什么错的样子，正襟危坐小心翼翼地窥探着庄兵卫的神色。

庄兵卫阐明了自己突然发问的动机，因为感觉必须向喜助说明这并非职责所致。他说道：“啊，其实我问你并没有什么缘由，实际上，我刚才就一直想要问问你去离岛的心情。我用这只小船送过很多犯人去岛上，听说了许多人形形色色的身世际遇，每个人都因为要去离岛而悲痛不已，和一起乘船前来告别的亲属彻夜哭泣。然而你看上去却似乎一点儿也不悲伤。你到底在想些什么呢？”

喜助微微一笑答道：“您能这么亲切地对我说话，非常感谢。的确，对其他人来说，去离岛是一件很痛苦的事情，我也能理解他们那种心情。但他们之所以悲痛是因为他们原本在世间过得很轻松，而我和他们不同。京都是个好地方，但在这个好地方上，我想我所经历过的劳苦，大概世上再找不出第二个了。多亏了官府的大恩大德，让我到离岛去实际上是救了我的命。离岛上的生活就算再怎么苦，也不会是魔鬼居住的地方吧。我以前还从未拥有过一个可以称得上是自己的地盘的地方。而官府命令我去离岛，让我能在岛上安居下来，这简直是太可喜可贺了。还有啊，别看我身体很瘦弱的样子，其实从来没有生过病，所以去了岛上，不管承担多么辛苦的工作，我想我都不会被累垮。而且这次去离岛之前，我还领到了二百文钱。在这儿呢。”喜助说着,手放在胸口。按照当时的规定,被流放到离岛的犯人,每人可以领取二百文钱。

喜助继续往下说道:“虽然很难说出口,但实际上这辈子我还是第一次兜里有自己的二百文钱。之前我四处寻找工作,找到以后拼命地干活,然而到手的钱却总是只在我这里走个过场,立刻就交到别人手里去了。即使我能够勉强糊口,感觉手头还比较宽裕时,也大抵是还了旧债再借新债。这次进了监狱后,我不用工作也能吃上饭了。单凭这一点,我就对政府感激不尽、深感愧疚了。而且这次离开监狱时还给我发了这二百文钱。今后我也是继续吃政府的饭,所以这二百文钱就能一直留着不花。对我来说,手有余钱这还是有生以来的第一次。去离岛以后,虽然还不知道能做什么样的工作,但我很期待用这二百文钱做本钱干一番事业。”说到这里,喜助噤口不言。

“嗯,原来是这样。”庄兵卫说道。喜助说的每一句话都太出乎他的意料,因此庄兵卫无言以对,陷入了沉思当中。庄兵卫也已步入中年,和妻子有四个孩子。而且老母亲也健在,所以家里共有七口人。平时的庄兵卫过得极为简朴,甚至可以说是吝啬,衣服除了工服就是睡衣。但不幸的是,他的妻子出身富裕商家,因此虽然妻子想要凭借庄兵卫的薪水维持生计,但由于从小家境优越,花钱不太注意节制,所以并不能如丈夫所愿勒紧裤腰带过日子。经常到月底家里钱就不够用了，于是妻子就瞒着庄兵卫从娘家拿钱来贴补。之所以隐瞒是因为庄兵卫极其讨厌借债，然而这些事情作为丈夫的庄兵卫又怎么会不知道。逢年过节时，妻子从娘家拿东西回来，或是七五三儿童节时拿娘家给孩子们的衣物回来，都已经让庄兵卫感觉很不舒服。因此一旦被庄兵卫知晓妻子从娘家拿钱贴补家用，就更不会有好脸色看。平时一团和气的羽田家，往往会因为这些事情而争吵。

庄兵卫听完喜助一番话，由此联想到自己。喜助说自己工作赚钱，拿到手的工资转手就给了别人。这样的境遇的确非常可怜，值得同情。但从另一角度来看，自己和他之间又有多少差别呢。庄兵卫自己也不过是从上级那里领到俸禄，然后立刻转手交给别人。“他和我之间的差别仅仅是算盘上的位数不同而已。”庄兵卫发现，甚至现在让喜助欣喜不已的二百文储蓄，自己都不曾有过。

这样看来，仅仅二百文钱就能让喜助当作储蓄而欣喜不已并不难理解。庄兵卫感觉自己能够体会到那种心情。但即便如此，对于喜助无欲无求的知足境界庄兵卫仍然感到非常的不可思议。喜助为了生计吃过很多苦头，所以一旦找到工作，他就不惜力气努力工作，对勉强糊口的日子也甚为满足。而今进了监牢，一直以来难以得到的食物仿佛从天而降一般，喜助震惊于不劳而获的生活,感到了未曾有过的满足。

庄兵卫自知无论再如何换位思考,自己和喜助之间也有很大差别。靠自己的俸禄维持的生计,虽然时常有些不足,但大体能过得去。对于这样紧巴巴的生活,自己从未有过满足,总是既不觉得不幸也没有感到幸运,一直很平淡地度过。然而在庄兵卫内心深处却隐藏着一种恐惧,即一旦自己突然失去工作,或是生了大病,如今这样的生活会变成什么样。而往往在发现妻子从娘家拿钱贴补之后,这种恐惧就会被无限放大,充斥他的大脑。

那么这种对生活认识的差异从何而来的呢?如果单从表面来看,似乎是因为喜助身无牵挂,而自己有老母妻儿。但实际并非如此。即便自己只身一人,恐怕也很难达到喜助那样悠然自得的境界。庄兵卫想,这里面应该有更深层的原因。

庄兵卫无意识中开始思考人生的意义所在。人一旦身患疾病,就祈求身体健康。假若食不果腹,就渴望能填饱肚子。没有储蓄,就希望能有一些储蓄。然而有了储蓄就希望能再多一些。这样看来,得寸进尺,得陇望蜀,真的不知道人要到哪一步才知道满足。而现在庄兵卫发现了一个特例,那就是喜助。

庄兵卫用惊异的目光重新审视着喜助,似乎看到了仰望夜空的喜助头上发出的神圣微光。

庄兵卫又一次叫道："喜助先生。"这声"先生"并非有意识而为，当声音传入自己耳朵后，庄兵卫立即察觉到了不妥，但话已出口不好再收回。

"是。"喜助答应道，他似乎也感觉到被称作"先生"有些奇怪，小心翼翼窥探着庄兵卫的脸色。

庄兵卫有些难为情，但仍然强作镇定地说道："我问的似乎有点儿多。听说你这次被流放，是因为杀人。能否告诉我详情呢?"

喜助非常惶恐地答道："是。"然后开始小声讲述。"我一时鬼迷心窍，做出了可怕的事情，真的是不好说出口。之后自己回头想想，都觉得不可思议，怎么会做出那样的事。当时完全就像是在梦里。小的时候，我父母得传染病去世了，留下我和弟弟两人。刚开始，就像是同情屋檐下出生的小狗一样，整条街上的邻居们都向我们伸出了援助之手，我们帮大家跑跑腿打打杂，就这样不知寒暑地长大了。而后我们找工作时，也尽量不分开，相依为命。去年秋天，我和弟弟一起去了西阵的纺织工厂，做穿丝的工作。其间弟弟由于患病无法工作。当时我们住在北山一带的棚户区，过了纸屋川的桥就可以直接去织锦工厂。傍晚我带食物回去，弟弟在家等我，口口声声说让我一个人做工对不住。有一天，我和往常一样回去，结果发现弟弟卧在被褥上一动不动，周围全是血。震惊之下，我扔掉了手中的竹包袱皮和其他东西，趴到弟弟身边问道：'你这是怎么了？'弟弟抬起了头，我发现他脸色苍白，两边脸颊到下巴都是鲜血。弟弟看着我，却说不出话。呼吸之间，只听到弟弟伤口传来嗖嗖的声音。我不明所以，一个劲儿地问他：'这是怎么了？是吐血了吗？'想要趴到他身边去。这时弟弟右手撑住地板，微微起身。左手用力按着下巴下面，但指间渗出黑色的血块来。弟弟似乎在以目示意我不要靠近他，并且勉强出声说道：'对不起，哥哥，原谅我，反正我的病是没有指望了。我想早点儿死让哥哥能轻松一些。我以为割气管的话能快点儿断气，但只是气息从伤口漏出，没死成。我想着刺深一点儿再深一点儿，用力压下去，结果滑到了一边。好像刀刃没坏。我想把它拔出去我就能死了。我说话很痛苦，哥哥，你帮我拔刀吧，求你了。'弟弟左手稍一松伤口处的气息便漏出。我这时什么都说不出来，只是默默看着弟弟喉头的伤口。看上去是用右手拿着剃刀，横着割了气管，但没有死成，于是又顺势把剃刀向喉头深处刺去。剃刀柄从伤口处只露出了两寸左右。我当时手足无措，唯有看着弟弟的脸。弟弟死死盯着我。终于我艰难说出：'你等一下，我去叫医生来。'这时弟弟用仇恨的目光盯着我，又用左手使劲按住喉头，'医生来有什么用？我太痛苦了，哥哥，求你了，帮我拔刀！'心乱如麻的我唯有凝视着弟弟的脸。不可思议的是，这时人的眼睛是会说话的。弟弟的眼神中充满了怨恨，似乎在逼迫我‘快拔刀，快拔刀’。我的脑海里，不知为何像车轮在转一般，所有的景象在骨碌骨碌转个不停。弟弟那恐怖的眼神一直在催促我。而他的眼神渐渐从怨恨变得凶恶，像是瞪视敌人的脸一样，充满了憎恨。看着这样的弟弟，我渐渐觉得必须按照弟弟说的那样去做。

“‘没办法，我给你拔刀。’听我说完这句话，弟弟的眼神一下子变得明亮，甚至可以说是快活起来。我心想必须一下子拔出来，所以跪在弟弟身边向前倾身。弟弟收起撑在地上的右手，按着喉头的左手撑在地板上，半躺下去。我用力握着剃刀柄，猛地拔了出来。这时，邻居家的大妈打开了我从里面关上的门进来了。平时我不在的时候，拜托大妈来照顾弟弟吃药或者其他的事情。当时屋里已经很暗了，所以我不知道大妈究竟看到了多少。只听到她发出‘啊’的一声，然后立刻就敞开门往屋外跑去。我拔剃刀的时候，一心想着要快点儿拔出，一下子拔出，所以拔的时候好像又割开了其他地方。刀刃是朝着外侧，应该是又割到了外面。我握着剃刀，茫然地看着大妈进来然后又跑出去。大妈跑出去后，我才清醒过来，这时弟弟已经没有了呼吸。他喉头的伤口涌出了大量的血。我把剃刀放在旁边，一直注视着半睁着眼死去的弟弟的脸，直到街坊邻居们来把我押到了官衙。”

喜助叙述杀弟经过时，一直微微垂头但目光注视着庄兵卫，说完之后他又一次把视线转回自己的膝上。他的话非常有条理。甚至可以说条理过于清楚。这是因为在半年当中，他自己无数次回想过当时的情景，并且在官衙里、法庭上无数次被讯问，一而再再而三地复述细节所致吧。

庄兵卫听着喜助的讲述，仿佛身临其境。听到一半时，庄兵卫心中就起了疑问，这是杀弟吗？是杀人吗？听完之后，这个疑问也未能得到解答。喜助弟弟说拔了刀就能死，所以求哥哥拔刀。而喜助拔了刀导致弟弟死去，被冠上了杀人犯的罪名。但似乎即使喜助不那么做，他弟弟也仍然活不过来。因为想摆脱痛苦，喜助弟弟才说自己但求早死。而喜助不忍再看着弟弟苦苦哀求。为了让弟弟解脱而断送了他的命。这是犯罪吗？杀人的确是犯罪。但如果杀人是为了救人于苦痛之中呢？这些疑问堆积在庄兵卫心中，迟迟不能解开。

庄兵卫心中思绪万千，最后还是决定依照上面的判断，按指示行事。庄兵卫竭力想把法官的裁决当作自己的判断。但即便如此，他依然无法释怀，压抑不住心中想去问问法官大人的渴望。

夜深人静，朦胧月光下，高濑舟沉默着，茫然地划过漆黑的水面。

大盐平八郎

大盐平八郎

一、西町奉公所

天保八年(1837)丁酉岁初,二月十九日一大清早,有人急敲大阪府西町奉公所大门。西町奉公所地处大阪城大手方向、沿内本町大道向西将到本町桥的北侧。由于四年间饥荒、盗抢、饿殍事件不断,奉公所日夜公务缠身,不得消停。自打昨日从本月值勤的东町奉公所开会回来之后,不知何故西畴奉公所长官堀伊贺守利坚非常紧张,召集西组与力①吉田胜右卫门进行了长时间密谈。接着他多次往返东西町奉公所,最后决定取消原定今天为自己举办的入城欢迎巡游仪式。

---

①与力:江户幕府的官名。尤以江户的"町奉行"属下的町与力为有名。负责行政、警察和审判工作。奉行之意参见下文注解。

按照密令指示，整整一晚堀携奉公所中泉撰司家老[①]及其他所有公职人员都保持高度警惕的待命状态。当敲门声响起时，门卫即刻起身走出房间询问来访者姓名。

门外站着两名少年。一个是东组同心[②]吉见九郎右卫门的儿子英太郎，另一人是同组同心河合乡左卫门的儿子，名叫八十次郎，两人称身带吉见九郎右卫门密信，有“大事”须即刻禀呈奉公所长官。

在奉公所全员上下夜以继日、严阵以待时，“大事”两字让所有人都觉得刺耳。门卫毫不迟疑地打开了小门放两人进来。门外几缕白光刺穿凌晨的夜幕，紧张低沉的空气中，两名年轻人明显感觉到有几分寒意。

英太郎只有十六岁，八十次郎十八岁。

“有密信要呈报奉公所长官吗？”门卫再次确认。

“是的，在这里。”英太郎用手指了指胸前。

“你不是吉见九郎的儿子嘛，他自己怎么不来呢？”

“父亲因病卧床不起。”

“你们属于东町奉公所管辖，却为何将信送到西町来？”

“我父亲讲，此事只能呈报西町奉公所长官。”

---

①家老：大名、小名家臣中位置最高、统领家臣的人。
②同心：与力下属的下级官员。负责警察、庶务。

“哦，这样啊。”说罢，门卫目光转向了八十次郎，“你又为何陪同前来？”

“事关重大，不能有差池。所以吉见伯父叮嘱我俩一同过来。”

“你姓河合吧？你父亲同意你来吗？”

“我父亲正月二十七去了奉公所之后，便一直没有回家。”

“是吗？”

门卫对两个年轻人做过问询，弄清是吉见父亲差二人前来送密信，便不再怀疑，转而面露喜色。值班人员将门卫的问询情况通报家老中泉，由后者禀报奉公所长官堀。按堀的指示，二人被领入合议堂，例行公事后收下了密信。

堀是继前任矢部骏河守定谦之后于去年十一月当上西町奉公，在本月二日赴任而来的。东西町奉公所实行隔月轮流值勤制度。本月堀不当班。东町奉公所奉公迹部山城守良弼也是去年四月接到任命，七月刚刚赴任来大阪。但比堀早到，堀凡事听其指示安排。按惯例，但凡来大阪任奉公长官，到任后一般要举行一个入城欢迎仪式。新任与前任奉公一起分三次将大阪市巡游一遍。首先巡游北组，其次南组，最后是天满组。以大手前的本町大道以北的安土町大道、西横堀以西的神田町大道为界，北组和南组将市区一分为二。天满组位于北组材木藏以西至堂岛米市之间,包括天满青物市场、天满宫、总会所等地。北组、南组分别有二百五十町、二百六十一町,天满组有一百零九町。按预定计划,今天本该巡游天满组,最后到达东照宫附近的与力町,傍晚七时,从东进入天满桥路长柄町北侧东组与力朝冈助之丞的府宅休息。朝冈助之丞是恭迎专员。

所谓恭迎专员,是指为了迎接新任奉公长官,作为大阪所总代表专程赶往江户致欢迎词并宣誓携全体公职人员团结一心,在新任奉公长官领导下恪尽职守、忠心耿耿的公职人员。然而昨天公务日早上,当堀到本月值勤的东町奉公所长官迹部那里开例会时,却闻听了"大事"。据说是前天东组一名叫平山助次郎的同心提供的密报。事情重大,因为无法预测接下来到底会发生什么,昨天晚上堀几乎没有合眼。如今,当中泉听说有两个年轻人带着有关"大事"的密信来到奉公所,脑子中立刻浮现的便是这件事——对于堀而言,比起意外的突发情况,他更希望是对自己已经耳闻的"大事"的验证。

堀展开书信快速浏览,果然是心中所想之事。阴谋的头领、其同党等信息与他所耳闻的没有大的出入。密信冗长,到三分之二左右竟然写的是写信之人九郎右卫门的个人身世遭遇,并没有堀现在最关心最想知道的细节问题。后面读来读去全是写信之人对这场阴谋的立场、疑虑和控诉。"大事"接下来会如何展开、到底对自己有多大影响？堀带着种种疑惑读信，一目十行，脑子中却一片空白。密信好不容易读完了，他也大概得知了一些东西：

写信之人与东组与力渡边良左卫门、同组同心河合乡左卫门三人力谏首领放弃阴谋，可是首领执意不听，于是众人一齐出逃，写信之人正月三日后身患感冒，引发顽疾卧床不起，委托渡边向首领告假。“即使起事之日，属下以此病体恐难有作为，不如切腹自杀以谢罪过。”渡边带回了首领的回音：“果真疾患缠身，便安心静养！”话语中也有让他退出起事队伍的意味。同时，渡边也顺便表达了自己“无论错对，决心与首领共进退”的决心。接下来，首领让自己的儿子和渡边来探视过写信之人。总之，写信之人带病好不容易才写出密信，想要送达东町奉公所，却没有值得信赖的传话之人。于是只好跨所转呈。写信者只希望赦免自己及英太郎以下血亲。当然，在政府抓捕叛党参与者时，希望自己能够一并被逮捕。由于自己病患缠身，拘押、牢狱之灾恐难承受，恳请政府能够给予宽大处理，网开一面。其子英太郎似乎被作为人质困在首领创办的私塾回不了家。他希望赦免自己及整个家族。另外，西组一个叫内山彦次郎的，一直为首领所憎恶，希望政府平叛时一并给予保护。

冗长的密信算是读完了，堀首先涌上心头的是对这个揭发告密者的一种蔑视。尽管自己长期混迹于官场，当然知道这种为维护现有社会秩序，敢于背叛主子的行为才是真正的忠诚，是值得称道的，然而，这毕竟违背了人伦。而且，堀意识到一点：越是难以摆脱自己内心“自私”的人，反而越长于揭发别人内心的“自私”。九郎右卫门在信中希望自己一同被缉拿的想法，并非出于对自己背叛行为的自责，而是忌惮举事者残党的报复，忌惮人言可畏，又说什么自己也可能自杀，这更是不着边际的废话。有胆量自杀，何不写好告密信、委托呈送后就“先斩后奏”呢？还请求别把自己入监，这不明摆着嘛，能从大阪监狱活着出来的人寥寥无几。别说有病在身，正常人也都十分忌惮大阪监狱的。

“奸猾小人！”——堀在心里骂道，但毕竟官场经验丰富，面对为求大忠而舍“小忠”的背叛者，他不会当面斥责的，即使现在情绪激动、内心难平。堀吩咐家老将两名年轻人带至自己面前。

“吉见英太郎是你吧？”

“是。”应答者目光机灵，落落大方地抬头看了一眼堀。

“你父亲九郎右卫门抱病不起啊？”

“家父身患风寒后引发顽疾疝气痔痛，无法行走。”

“书信上讲你无法回家，今天是如何脱身的？”堀问道。

“父亲曾说过‘此去可能回不了家’，不过，他叮嘱我在发生重大变故之前有机会一定要想办法脱身。这些话是十三日我回家探望时他讲的。我和私塾同学河合八十次郎商量之后,昨晚十时逃了出来。当时老师家一下子来了许多人,混乱中得以脱身。然后……”英太郎欲言又止。

堀等了片刻,英太郎还是不言。堀问道:“然后怎么了?”

“然后父亲还说,东町奉公所的濑田和小泉今天当班,让我们将此二人一并禀报给您。”

“是吗?”平山的举事揭发材料中东组与力濑田济之助和小泉渊次郎也在名单之中。

堀把目光移向八十次郎。“你就是河合八十次郎?”

“是。”和圆脸的英太郎不同,河合一副长脸,不过同样机智聪明,面无怯色。

“你父亲又是什么情况?”

“据母亲讲,应该是上月二十六日晚上,父亲从我们老师那里回来,身上被火钳打过,很令人心痛。第二天早上,父亲带着其弟谨之助,出门时说是去天满宫,此后便音信全无,再没回家。”

“是吗? 下面不用讲了。”说罢,堀看了一眼中泉。

“这二人如何安排?”中泉用眼神询问奉公长官。

“先留置奉公所,派人看护起来。”说罢,堀从座位上站起身来。

回到起居室，堀持续表现出局促不安，匆忙开始写信。信是写给东町奉公长官的："本所也接到密告，请务必小心濑田和小泉二人。本人随后登门面见。"差人带上口信出发之后，堀双手交叉胸前，站了一会儿，强作镇静。

有关阴谋者的起事方略计划，堀昨日已从迹部那里有所耳闻。取消今天的例行巡游就因为此事。然而只落款二月未标明日期的吉见密信上，没有提及举事方略。吉见趁拂晓时分派儿子前来送揭发密信的行为表明，他并非不知晓起事方略。

是时间来不及写吗？据向东町奉公所告发的平山讲，本月十五日渡边良左卫门到来，传达了十九日的安排。第二天，首领公开了起事方略——那便是趁迹部和堀本人在与力朝冈的公务住所休息期间过来偷袭。吉见的信件里对此如何讲，所附阴谋起事的檄文上又如何说？为了搞清这些细节，堀又一次从袖筒中拿出信件资料。

堀在不安中仔细比对研读了两个资料的各种细节。采取什么手段来阻止这场即将发生的阴谋事件，对此他没有成熟的方案。这也是他刚才差人带去口信而没有直接过去的缘由。坐下来静思也理不出个头绪。可是又不能什么都不做，他便开始查文案。密信上写着"御城、御役所及其他配套房屋等火攻之谋"。檄文上清晰写着"诛杀无道官吏，惩处无良富商”。总之,这是一场十分可怕的阴谋叛乱。昨晚迹部的来信上面这么讲:“据骨干与力们估计,就凭他们那帮人掀不起什么大浪。按预先商量的那样,缉拿抓捕办法只需见机行事。”堀因此稍稍放下心来,暂时也没有派出吉田。可是,来自几个人的信息如此吻合,说明他们有备而来。来者不善,迹部到底打算怎么应对?我给他写了信,回音很快会到的。这样思前想后,堀甚至忘记了时间的流逝。

二、东町奉公所

东町奉公所长官迹部山城守良弼收到堀的来信已是早上六时左右。

大阪东町奉公所位于大阪城京桥口外、京桥大道和谷町拐角的一个宅院里,在天满桥南端东侧。东部为大阪城堡,西部为谷町路,南部岛町路隔街有一处粮仓,北部是京桥路河岸。从书院庭院望过去便能看到对岸天满组的人家,只是院子围墙边种的梅花树对视线稍有遮挡。

昨天开始,迹部就和堀担心着同样的事。昨日奉公所例会上他强作镇定,处理完日常事务之后便和堀一起商议了平山密信中所讲的阴谋叛乱的处置对策。之后,堀紧急召来吉田。同样,迹部也在东组与力中选拔骨干,紧急抽调荻野勘左卫门、其子四郎助及矶矢赖母三人。迹部清楚,赖母与四郎助虽曾拜谋反首领为师，然师从半年之后，与师傅家的家丁关系逐渐冷淡，仅维持在读书求道层面。四郎助曾经抱怨过："师傅其人虽然学问高深，但脾气暴躁，让人很难接受。据说有一次在矢部大人面前说话，其间他突然激动起来，把一个超过半尺的大块铁头鱼直接从头部咔嚓咔嚓给吃了下去。"这半年期间，对于迹部交代的工作此三人比别人卖力许多，迹部据此确信他们对自己的忠诚。

安排抓捕方案时，三人不约而同地表现出一脸的意外，面面相觑。长时间思考之后小心谨慎地说道："平山密奏实在令人难以置信，该不会是他把师傅一时的狂言当真了吧？抓捕任务我们接受，但容我们私下先打探一下，在弄清事实之后再动手。"

迹部听罢荻野等的话，后悔当初没有详细打听平山所说"大事"的来龙去脉。前天夜里平山来访，请管家野村次平进来通报，说是有"大事"相告。迹部紧急思考处置办法，一心只想攻其不备。按理应该留下平山来共同镇压谋反叛乱，可是迹部却做了错误的选择。他认为如果强留平山等于打草惊蛇，有可能让谋反者发觉而提前起事。何况把平山继续留在大阪难免有人身安全隐患。于是，他便给在江户任财务官的前任西町奉公矢部骏河守定谦写了封私信，让平山带上急急赶往江户。平山昨日拂晓七时带着随从多助、用人弥助离开了大阪，十二天后于二月二十九日抵达江户矢部府宅。

犹豫不决的迹部轻信荻野三人之词，推迟了抓捕行动。比起事后从书信上得知此情节的堀，迹部直接参与方案讨论，对此次阴谋事件有切身危机感的同时，也有一种事态尽在掌控之中的放心感，抓捕行动因此被搁置。可是，一旦答应推迟，他马上意识到这一决定责任重大，便心生不安。他告诉堀，推迟抓捕是自己决定的，如若因此贻误战机，后果完全由自己一人承担，与西町奉公所无关。正当迹部为此事烦心懊恼之时，堀的信使到了。同一场阴谋，西町奉公所也接到了密报。来信提醒自己：当心今天值班的濑田和小泉。迹部读罢来信，突然决定今天对濑田、小泉二人动手。此想法或许稍有欠妥之处，因为濑田、小泉参与叛党一事，平山早已说过，而堀的来信上只字未提平山揭发的“大事”之外的任何细节。给荻野等三人下密令时，迹部仍做了严密布置。看来，堀的来信仅仅起到一种作用——以前由平山一人揭发的事情，现在又有一个叫吉见的人站出来了。然而，迹部还是做出了动手的决定。之前小心翼翼地把平山支开去了江户，现在却打算对眼前的濑田、小泉动手，完全是对前天夜里行为的弥补。

迹部叫来荻野等人，下令抓捕濑田、小泉二人。具体部署是这样的——来奉公所值勤人员必须首先脱刀，将刀挂入值勤室刀架，只带腰间短刀，一旦被奉公长官叫到，腰间短刀也须取出放在走廊铺席上，不带任何武器进入谈话间。设计在二人进入谈话间后实施抓捕。万一情况有变，只能将二人斩杀，所以，迹部安排在奉公所值勤的一条一剑术师预先埋伏。

行动开始。迹部传唤濑田、小泉。闻听传唤，濑田起身说了声"烦请稍等"便去了厕所。小泉一人来到平时的铺席走廊，按惯例拔出腰刀打算放下。走廊侧面是奉公长官的侍卫室。小泉刚一放下腰刀，一男的便从侍卫室飞奔而出，伸手去抓腰刀。"哈——！"小泉猛然一惊，旋即用手摁住了短刀。争抢之中刀鞘飞出，小泉手中只留下明晃晃的短刀。看到这一幕的迹部下令："斩了他！"这时，小泉被逼入弓箭房，身后剑术师一条一举刀劈向小泉的头颅，接着在肩头补了一刀。就在小泉摇摇欲坠的时候，剑术师又朝他的右腹部刺了过去。年仅十八岁的东组与力小泉渊次郎作为这场阴谋的第一个牺牲品结束了自己的一生。

躲进厕所的濑田赤脚飞奔出院子，踩着一棵梅花树越过奉公所的北墙，过了天满桥一路朝北奔向谋反首领大盐平八郎的宅院。

三、四栋宅院

天满桥经长柄町向东，南拐角第二家就是颇有声名的四栋宅院。东组与力大盐格之助的公务府宅就在这四栋宅院里。大盐格之助今年二十七岁,是同组与力西田青太夫的弟弟。早年被大盐平八郎收为养子,七年前平八郎告老退职时立他为府宅继任户主。不过仅仅是个挂名,四栋宅院里的大小事务依然掌控在四十五岁的隐士平八郎手里。

一进大门右首的那栋楼叫"旧塾",早在平八郎隐居前几年就成为慕名而来的弟子们的寄宿之处。左首那栋是讲堂,入口横匾上题"读礼堂"三字。讲堂东邻那栋是后来购买别人宅院改扩建的"新塾"。讲堂的背后便是平八郎的书房,叫作"中斋"。东照宫方向那栋拥有众多房间的便是平八郎家族妻室的居所,用餐、聚会的大厅横匾上写着"镜中看花馆"。所有居住在这四栋宅院里的,无论家人门生,全部俯首听命于平八郎一人。名分上的宅主格之助和九名旧塾生、十余名新塾生相比,几乎没有什么特权。

从东町奉公所刀刃之下脱身之后,濑田济之助一路飞奔来到这里。当时宅院空寂:家里所有女眷、孩子早在十天前就已经离开。平八郎二十六岁成为继任者那年迎娶的侧室黑萝,后改名优,是曾根崎新地茶商大黑屋和市的女儿,今年四十岁;七年前十九岁的格之助成为继任者时娶的米奈,是般若寺村庄屋桥本忠兵卫的女儿,今年十七岁;平八郎五年前将叔父宫胁志摩的二女收为养女,名伊库,今年九岁。大盐家就这三个女人,加上去年底米奈所生的弓太郎和女佣丽茨,所有妇女儿童在十天前的黄昏时分一起投靠到优的表兄、米奈的生父般若寺村的桥本家。

不单家眷撤离，为了救济因持续饥荒陷入困境的灾民，平八郎决定将自己毕生的藏书全部变卖换成银两。前来收购的是兵库西出町的柴屋长大夫及其他有交往的商人；还有违纪学生的罚款也一并折价，令家长父兄前来购书。所有这些书月初被全部搬出，加上从储藏室拿出的所有经文，一股脑儿通过河内屋书店的喜兵卫、新次郎、一兵卫、茂兵卫四人之手换成银两，施舍给了受到持续饥馑威胁的百姓。在安堂寺町五丁目的本屋会所里，平八郎向自己的亲戚、门生弟子家属及其沾亲带故的约三十三町村的一万户每户发放银两一铢。

随着书籍、经文的大清空，这个简朴之家一下子变得空空荡荡。更加不同寻常的是，四栋宅院里正厉兵秣马，招来各种工匠紧锣密鼓地加紧制造武器弹药。作为一名已经隐居的大阪城与力，平八郎从前除以武艺奉公尽职之外，还曾经是造弹署与力柴田勘兵卫的门人，使用佐分利流枪（一种前部带剑的长矛兵器）。现任宅主格之助是同组同心、已故藤重孙三郎的门人，会造中岛流大炮。平八郎的门生当中既有人学造大炮，也有人学造火药。如今的大盐宅院里，打造兵器弹药成为每天的任务。

去年九月，平八郎叫来格之助师傅藤重的儿子良左卫门、孙子槌太郎商量今年开春在堺七堂之浜制造大炮之事。接下来在平八郎、格之助附近的房间门上加锁，让私塾学生秘密制造火药。同时也造棒火矢[1]、枪弹。专业工匠一旦招入，便以各种借口限制他们外出离开。紧张的兵器弹药制造一直持续到昨晚。大型木火绳枪[2]有三挺大口径的，其中一挺是购买回来的，另两挺是借来的。另外，利用门人守口村村民典当商行老板白井孝右卫门家库房旁的一棵老松树，又加工制造了两挺木火绳枪。以搬运石头为名，还打造了炮车。总之，这半年以来，本应书声琅琅的四栋宅院逐渐成为充满火药味的喧嚣的兵工厂。

家变了模样，重要门人频繁聚会、深夜不归等情况近来也开始增多。昨天晚上，平八郎、格之助及其妻室的本家——摄津般若寺村庄屋桥本忠兵卫、成为大盐家生计有力保障的摄津守口村富商典当商行老板白井孝右卫门、东组与力渡边良左卫门、同组同心庄司义左卫门及其子近藤梶五郎、般若寺村村民柏冈源右卫门及其儿子传七、河内门真三番村村民茨田郡次八人齐聚一起，一边饮酒一边密谈，屋子里时不时传来那低沉却威严的平八郎的声音。隐居士平生最为亲近的这八人

---

①棒火矢：发射出去后箭头带火可引燃房屋等的武器。
②木火绳枪：类似于大炮的武器。

最终留在了这个宅院。

这段时间不管有无临时访客，饭菜总是由一直以来的厨师杉山三平临时抽调人员协助完成。听说杉山原本是河内国衣摺村的庄屋，后因犯事被流放。具体日常事务一般交由格之助一辈的年轻门生——出生于大和国曾我村的曾我岩藏、中间木八、吉助等去做。女佣留了一个叫乌塔的，另一个女佣丽茨随主人离开之后，经常央求告假回家，虽然连哄带骗把她留了下来，也派不上用场。这样一来，算上隐居士平八郎、宅主格之助、厨师杉山及年轻家丁曾我、中间木八、吉助及女佣乌塔七人，外加昨夜留宿的八位客人总共十五人。此外，四栋宅院里还有旧塾和新塾的学生、工匠和搬运杂工等。

在东町奉公所躲过一劫的濑田济之助便在这时跑进了这个四栋宅院。

四、宇津木和冈田

新塾里有个门生叫宇津木矩之久。此人三年前来投靠平八郎，第二年曾经离开过，去年又再度返回。此人独自为平八郎所著《大学刮目》加注训读符号，是大盐门生中学力最出色的。宇津木前年巡游九州后，带回来一个自己的弟子，自然成为平八郎的孙弟子。年轻人是长崎西筑町医生冈田亥的儿子，名叫良之进。良之进跟随宇津木离开父母身边时年仅十四岁,今年十六。

冈田今晨六点半被吵醒。自从工匠大量进入后,这个宅院变得相当吵闹,今天凌晨更是格外纷乱喧嚣,砸窗毁物的嘎嗒声、刺啦声和咯吱声交织成一片。冈田一咕噜坐起身侧耳细听,知道现在破坏的是拉门、拉窗之类。嘈杂声中,他清楚地听到这样的指令:“把不用的东西全部砸烂扔掉!”少年冈田虽然聪明伶俐,但还是受到这突如其来的吵嚷声惊吓,好像自己在做梦。他马上伸长脖子,扭头去看宇津木老师。老师却像什么事都没发生一样,照常躺着,被子严严实实地盖在颌下。声响越来越大,冈田终于回过神来,意识到宅院里的情形不同寻常。

冈田一下子跳了起来,走到宇津木枕边,轻声叫道:“老师。”宇津木默不作声睁大了双眼。他并没有在睡。“老师,外面动静不小,这是要……?”

“嗯,我听到了。都怨我太过相信于人,把你带到这个危险之地。现在一定要镇定!去年秋天开始打造武器时我便觉诧异。后来门人中的几位长者与一半学生逐渐与我们疏远,明显在执行着你我不知情的什么计划。然而直到昨天晚上,我一直被蒙在鼓里,未能看破真相。你也知道,昨晚有人来通知让全体塾生去开会时,我代你参会,没让你去。回来后敷衍你说‘没什么大事,明天告诉你吧’,然后就睡了。实际情况是，当时正在与长辈们吃酒宴的大盐老师独自来到大家集合的地点，他的开场白是这样的——‘现有一大事告于诸君，想知道你们的意向’，当我问是什么大事时，老师讲了这样一番话：‘我们各位平时在攻读的是有良知的学问，那些东西是根基。然而观当今天下形势，根基虽在，外面的枝叶却发生了病变，导致民不聊生。所谓“杂草生则理难存矣”。为了天下大义，我们必须铲除贼奸。那么，我们要铲除的贼奸之人又在哪儿呢？’”

“哈！”听到这儿，冈田睁大了眼睛。

“好像首先就是城市奉公所那些头头脑脑们。可是，那样干意味着什么呢？我们好像错看了先生，先生眼中既没有幕府将军家族也没有朝廷。可是先生本人似乎并没有想这些。”

“这么说，先生现在是要举事造反了吗？”

“是的。然后一把火烧了这个家，不参与者一律斩杀！不过，现在这动静显然是在最里头的书房一带，中间还隔着旧塾、讲堂，到这里还有点儿时间。你给我听好了：照先生那脾气，昨晚不会有任何人站出来反对的。我说‘明晨给您答复’敷衍了过去。若有机会，我自然会劝他放弃谋反；如果做不到，我们师徒的缘分也算命中注定，我甘愿为他一死。可是，你该如何是好呢？”

冈田又发出“哈”的一声,侧耳聆听。

“你不是中斋先生的弟子。我想让你离开这是非之地。如果有人问,你就说与大家一起行动,然后伺机逃离。我昨晚难以入眠,已经替自己想好了墓志铭,现在我把它写出来留下。另外,倾注我一生心血的诗文稿件借给了京都本愿寺家一个叫粟津陆奥之助的,你去京都将稿件拿回,然后到彦根我的兄长下总府宅去找一个叫大林权之进的人,和墓志铭一起交给他。”这样说着,宇津木缓缓起床,伏在床几上,蘸上前日磨好的墨汁,在两张美浓纸上,将腹稿一字不差地写了下来。写罢浏览一遍,“好了,就这了。”然后交给冈田。

冈田接过文稿,“可是,老师……”他极力想说什么。

宇津木回道:“稍等。”便上了洗手间。

手里捏着文稿,一动不动左右为难的冈田,隔着走廊听到在讲堂入口一带有人说话。

“按老师指示,干掉宇津木! 你在门口守着。”——显然是门人大井的声音。

大井是造弹组一名与力的儿子,名叫正一郎,今年三十五岁。

“好,干漂亮点儿。”这是外官御师安田图书的声音。此人今年三十三岁。

冈田马上走到厕所门口,“老师,杀手来了!”

“好，你赶快逃！”

“可是……”

“再不走就来不及了！”

走廊里传来大井摸过来的脚步声。冈田将文稿折起塞入衣袋内，蹑手蹑脚返回床儿，把桌子上的铁镇纸拿到手上，没有穿鞋，轻声跳入庭院，弯腰潜入绿丛，悄然靠近围墙。

大井手提出鞘的长刀，摸向新塾这边。到寝室一看，被窝还有余热，便到厕所门口等候。等了一会儿，伸手把门打开。手无寸铁的宇津木从中走了出来，泰然恬静。大井的手从门户上松开，后退一步，双手抓刀，嘴里念念有词：“这是老师的旨意。”

宇津木只“嗯”了一声，笔直站着一动不动，就像遇到老虎的醉酒之人一般。见此情景，大井一时失神，在宇津木身旁呆站良久，终于回过神来，嘴里大吼一声，举刀迎面砍向宇津木。宇津木下意识地低头、身体前倾，就像是迎着长刀一样。结果，头顶背后被砍进六寸之深，头骨破碎。宇津木依然站立着。大井开始慌乱，第二刀刺向他的腹部。刀从肚脐进、从后背出来。宇津木啪嗒跪地倒向廊檐，大井推倒他，第三刀刺向喉咙。

躲在墙根的冈田，见证了老师宇津木的被害过程，沿墙根跑向通往东照宫院内的紧急出口，用镇纸砸开锁头，悄然跑出大盐家宅院。冈田二十日取道京都，二十一日到达彦根。

五、出巢

濑田济之助逃过一劫，跑进大盐宅院应该是凌晨六时刚过。当他打开书斋拉门时，除了昨夜留宿的八位要员，还有十多人在场，他们分别是：年仅十四岁的中船场町医师之子松本邻大夫、天满五丁目的商人阿部长助、摄津泽上江村村民上田孝太郎、河内门真三番村村民高桥九右卫门、河内弓削村村民西村利三郎、河内尊延寺村村民深尾才次郎、播磨西村村民堀井仪三郎、近江小川村医师志村力之助、大井、安田等。

平八郎端坐中心位置。超过两米一十的高大敦厚身板，长脸，肤色白净，虽已四十五岁，却没有丝毫老态。那炯炯有神的眼睛呈三角上扬，加上细长浓密的眉毛陪衬，三角眼更加突出。宽大的额头，几条青筋清晰可见。发髻粗短，紧紧扎起，头顶中间留白较浅。因积劳成疾曾经一度咯血，被口德不好的家伙叫作“青葫芦”，不过这绰号的确有其独到之处。

“先生务必小心，他们已经有所准备！”匆匆进屋之后，濑田一边落座一边大声说。

“是啊，他们突然取消巡游，这其中必有蹊跷，是逃往江户的平山出卖了我们。”

“小泉被害了！”

“是吗?”

在场的人面面相觑,小声表达着同情。

平八郎环视大家,重重地说道:“按原定计划起事! 只剩宇津木了,交给大井和安田去处置。”

大井、安田即刻打算起身。

“等等。起事之后的方略调整,只需跳过第一阶段,直接进入第二阶段即可。”第一阶段即指袭击朝冈府宅,第二阶段便是向北船厂进发。这是战略方案中确定下来的。

“大家各自准备!”濑田发话并环顾四周,全体起立。负责招募兵丁的柏冈传七及发放檄文的上田先行离开了房间。不久,院子里便传来家什财物、拆卸下来的门窗等被扔进院落的声响。

平八郎仍然稳稳地端坐着。然而在他的内心里,此番举事如何萌生、如何发展、经历了哪些波折才走到今天这一步,一幕一幕像过电影一样反复浮现。平八郎的思绪在无限向前推移。想当年,凭借一身才干和贵人的知遇之恩,自己当上了胥吏,成就了一番事业,直到天保元年全身而退,可谓一帆风顺。在这个岛国上,大米的收成和百姓的生活息息相关,收成好则天下太平。想当初,平八郎退休之后头两年连续丰收。第三年起气候出现异常。第四年东北发生洪涝,引起天明六、七年以来的大饥馑。第五年刚刚稍有好转迹象,从冬季到第六年春季又持续少雨。第六年东北发生螟虫灾害，后来又是海啸。去年五月起连续雨涝，天冷得如同冬季。秋天又刮大风又降暴雨。东北首当其冲，后来形成全国范围的歉收。退休之后，自己潜心著述做学问，相继完成《大学刮目》《洗心洞劄[1]计》《洗心洞劄计附录抄》《儒门空虚聚语》《孝经汇注》的印刷出版。其中“劄计”系列被收藏于富士山石室，受足代权大夫弘训的赏识推荐，后又被收藏于宫崎、林崎两文库，从而成就了自己作为学者的宏图大志。然而，连年的饥馑、贱民的贫困潦倒充斥耳目，让人无法回避。而城市奉公以下各级官吏的处置办法又极不公平，虽然赈灾抚恤也做，限酒令也发，可是百姓疾苦却有增无减。尤其去年，自打起用那个内山与力之后，东町奉公迹部的作为更加令人不齿。迫于幕府命令给江户支援大米本无可厚非，可是却偏偏不肯给京都方面哪怕一丁点。当有平民百姓来大阪小批量收购大米时，竟然遭到逮捕、扣押！大盐我虽通王道，却不善经营个人的功名利禄。看到上级官吏的骄横及社会底层百姓的困顿，自己也无可奈何。

按逻辑推理，摆在平八郎面前的选择无非有这么三种：要么以弱肉强食的自然法则认命、冷眼旁观；要么给奉公以下各

①劄：同“札”。

级官员及市内的富甲豪门进言，请他们主动商讨救济办法；要么诛灭这些贪官污吏，胁迫富豪商人散尽私财。总之平八郎无法容忍这种社会不公，不会袖手旁观，也不相信那些官吏和富豪会为了大阪百姓群策群力。于是，只剩下第三条路——通过武力杀戮及胁迫手段完成救民于水火的宏愿。要想散尽鹿台[1]之财给天下百姓，就必须消灭无良奸商。他意已决，便讲与义子格之助，去年秋天命其打造枪支武器，开始准备。之后，虽然棘手之事日渐增多，但准备工作有序展开。半年过去，回顾走过的历程，也算是对自己的一种慰藉了。这期间自己既没因胆怯而犹豫摇摆，也没因兴奋而急躁冒进。在准备的漫长日子里，成功后的光景时不时如梦幻般浮现在自己脑海——倒在血泊中的污吏、跪在脚下叩头求饶的富豪以及成千上万前来投奔拥戴自己的黎民百姓，就像草木迎风摇曳一样顺从服帖。

可是，近些日子来却不再出现这样的幻觉了。

想当初年方三十的平八郎报效国家时，受高井大人信任，一面抓捕基督徒、惩处贪官污吏、规诫违规僧侣，一面又将老女人丰田贡绑上十字架、令两组与力弓削新右卫门切腹自裁、将许多和尚僧侣像串佛珠一样控制起来……凡此种种。这些

①鹿名：大阪富人居住区。

幻觉不久之后逐一变成了现实。可是,这次情况总觉得似有不同。当年平八郎可以随心所欲按自己的方式行事,周围人会附和跟从,而如今决定举事造反,虽然自己仍然手握决定权,可以支配调遣所有弟子、家丁,可以做重大决定,但似乎事情本身已成为自己最大的慰藉。他甚至常常希望事态就一直保持在这种准备状态不再推进。事情发展演绎到今天这一步,一切显得那么自然。与其说平八郎在策划、推动一场阴谋,不如说是这场阴谋把他卷了进去。

结果到底会怎样?平八郎继续思考下去。

事态并没有因为平八郎在书房沉思而停顿,一切都在切实、自然地向前推进。四栋宅院里参与举事的同党人员各自在做自己承担的任务。时不时有人来书房门口汇报:什么宇津木刚刚被结果啦、院里堆积的家什已经点火啦之类。每次平八郎只是侧目看报告人一眼。

终于到了起事总动员的一刻,地点定在东照宫院内。人们进入东照宫时,才发现紧急出入口的门锁被毁。队伍最前列是写着“救民”两个大字的竖条旗帜,接下来三面旗帜是梧桐木做成的,中间上书“天照皇太神宫”,右侧是“汤武两圣王”,左侧是“八幡大菩萨”,另外还竖起了象征权贵至尊的五七桐纹和二龙徽章旗。后面是两挺木筒火绳枪,再后面是大井和庄司,各持小筒火枪。之后是一身盔甲战服、头裹白布条的格之助。下辻村猎师金助紧随其后。再后是两挺大型木火绳枪及手持长矛的兵丁。接下来才是身穿黑毛呢上衣配裤裙、装扮类似于格之助的平八郎。茨田与杉山手持长枪，左右护驾。若党曾我及中间木八、吉助跟在身后。随后是发号施令的战鼓。平八郎身边拥有桥本、白井、安田、松本等干将。再后是渡边、西村、近藤、深尾、父柏冈等重量级人物。尤其是与平八郎交情深厚的白井和桥本也在队伍之中。他们清一色盔甲带刀，多数手持短枪。濑田押后，指挥手持小筒火枪的二十多名杂丁拉拽着一挺大型木火绳枪，身旁跟着植松周次、中间浅佶两名年轻武士。

上下一百多号人，带着武器弹药，给四栋宅院点上一把火，推倒临街围墙后鱼贯而出。此时是早上八时左右。一出门首先向平八郎曾经任职的旧址、对面朝冈家宅院大门发射第一炮，走到天满桥沿线的长柄街，向南进军到源八町，从与力街拐向西进。选择此行进路线是为了避开连接大阪城与东町奉公所的天满桥，迂回向船场进发。

六、坂本铉之助

东町奉公所迹部斩杀了小泉却放走了濑田。正在这时，堀带着下属与力、同心赶了过来。迹部立刻和堀开始商议，直到第二天凌晨六时才终于商妥了三条应对方案：第一，近郊乡村的防御交给铃木町的监督官根本善左卫门；第二，将天满东照宫、建国寺方面的防备交给谷町的专务官池田岩之丞；第三，派人到因病告假的平八郎舅父、东组与力大西与五郎处，要求他劝平八郎立刻停止谋反，在切腹自杀和被误杀之间二选一。为了打探情况，与五郎的养子善之进便去了长柄町附近，正赶上大盐的队伍即将倾巢出动，便吓得掉头跑回家，和父亲一起逃往西宫，因恐惧又折返回大阪时，将随身携带的两把长刀扔进了大海。

向大西派出信使之后，奉公迹部和堀进一步商定，将合并之后两所与力、同心中的骨干捕手派往大盐四栋宅院。不久，接近八点时分，便见天满方向蹿起冲天大火，不久传来炮声。捕手们借口无法靠近，便返身回来。

两奉公无奈之下，只好派人去向枪械奉公石渡彦太夫、御手洗伊右卫门借武器。步枪手加上两奉公的部下共四十人。担心人手不够，又差人请求造弹署的远藤但马守胤统援助。远藤命公务人员畑佐秋之助把造弹组与力、本月值班的同心总领队坂本铉之助叫到上屋宅。

坂本是荻野炮的炮术专家，今晨因为要打造枪支，把门人全部集中到位于城东里的公宅内院。结果到了八点左右，天满方向起火，他便急忙前往离公宅不远的大番所。当时，本月值班的造弹组普通与力本多为助、山寺三二郎、小岛鹤之丞三人在岗。本多报告说“天满的火灾是大盐平八郎所为”。这时一个曾经出入于大盐府宅名叫清五郎的猎师跑到火灾现场,回来后告诉同心领队冈翁助,冈翁助转告本多的。坂本立刻向城东里的同组全体与力、同心发出集结动员令。不久,远藤的命令送达,同时坂本被叫到上屋宅。

畑佐过来传达远藤的命令:速派同心领队一人、与力二人、同心三十人携带步枪赶往东町奉公所。并且,相同命令同时也发给了京桥组。坂本答应之后,从上屋宅转回大番所做了安排部署。同心领队有三人,这次由自己亲自带队出马,两小头目安排了普通与力蒲生熊次郎、本多为助。三十名同心从自己组和同职的冈组各抽调了十五人。集合地点定在了土桥。给京桥组的命令,则派值班与力胁胜太郎携带书面信函前往。

安排完后坂本回到公宅,然后一身救火服装、脚穿草鞋,拿了一杆口径 18 毫米的步枪便来到了土桥。蒲生与三十名同心已经到齐,只差本多。听说畑佐受迹部催促,已经两次来查看队伍集合情况,因为要绕道京桥口回东町奉公所,就先一步离开。可是,本多迟迟不到,坂本只好留下一名同心便率众出发了。从堀端向西往东町奉公所赶路途中,碰上了迹部派来的第三波催促者。迟到的本多与那名留守队员中途也追了上来。

坂本到东町所一看,畑佐依然没有回来。东组与力朝冈助之丞与西组与力近藤三右卫门一同前来迎接,说希望准备大型木火绳枪。坂本并不认为事态有那么严重,对缺乏统一指挥的混乱场面也颇感不满。不满归不满,他还是借了一匹马,让蒲生去造弹署的定番所借大型木火绳枪。下午四时,迹部约见了坂本,并且将坂本带到书房院子商谈防备事务。坂本提出因妨碍观察北面的视线,应首先砍掉面向大川方向的梅花树;其次,把南侧面向岛町方向的墙柱子与松树用原木捆绑起来,搭建成士兵能够走动的木板通道。混乱之中,迹部的指挥毫无章法效率,坂本只好命令自己的同心分头去做,自己在一旁监督指挥。

就在坂本构建防御工事期间,迹部闻听大盐队伍从长柄町向南迂回的消息。便向伐木工一组发出命令——破坏天神桥和难波桥桥板!

坂本的使者胁去往京桥口,给同心领队广濑治左卫门、马场佐十郎传达了远藤的命令。因为京桥口继任者米津丹后守昌寿去年十一月刚任命,还没到任,京桥口暂由远藤托管。广濑看到命令,歪着脖子若有所思地回应说:“知道了,我们会过去的。”

广濑穿着雪靴来到东町奉公所,见到坂本后阴阳怪气地说道:“敝人得您手令前来报到,不过,御城警戒原本不是由我们双方共管吗？远藤殿下如今想把管辖之手伸至城外，对此本人颇觉费解，请问您对此怎么看？”

坂本鹫眉回道：“您这样想啊！我自己的职权我当然知道，不过，如果命令是总长远藤殿下做出的，就算越过生驹山也在他的管辖范围啊。您也看到了，敝人已经做好了参战的准备。”

“如果首长亲自出马，鄙人自当义无反顾。如今却只有我们俩领队过来，去接受町奉公的调遣，不是有失颜面吗？我听说，前年发水灾时，町奉公请求城代松平伊豆守殿下出兵，殿下以‘御城警卫责任重大，不敢懈怠’为由拒绝了奉公。这次我们不是同样可以拒绝他们吗？”

“鄙人对此不敢苟同。只要是首领吩咐，鄙人在任何人手下都可以效命。而且，如今有人造反起义，这和发水灾又有不同。您要想拒绝，那请独自返回上屋宅吧。”

“什么呀！您那样看我吗？一直以来，无论何事我们两组都是协商而定，所以我才说了刚才的话。您要这样说，今后我们还能商量吗？”

“我也没办法。想怎样您请自便！”

“那好，本人就此告辞。”广濑说罢起身打算离开奉公所，正好碰上绕道京桥口回来的畑佐。畑佐劝住他，晓之以利害得失。广濑勉强同意留下，过了一会儿带来三十名同心。不过，自己仍然穿着雪靴，什么武器也没带。

坂本来到院子，查看监督跟随持口刚做完防卫工事的同心下属的工作情况。迹部安排自己的搭档堀去向城代土井大炊头利位汇报情况之后，也从书房来到院子，抬头观望天满方向的火灾。火势虽然不大，但由于早晨风向不定，火势已经向居民密集的西南方向蔓延开去。闻听大盐的行进线路之后，坂本向迹部请战道："现在出马迎敌，奉公觉得如何?""是吗?"迹部应了一句，仍然观望着火灾方向。过了一会儿，坂本又说："他们的行进速度似乎相当慢啊!"迹部同样回了一句"是吗?"，依然在观望着火灾。

七、船场

大盐平八郎沿天满与力町向西进军途中，时不时会向以前对自己不公的与力宅院轰上几炮。他行进到夫妇町四辻，沿绵屋町向南拐去。然后通过天满宫旁，走到天神桥。抬头一看，天神桥桥面已被破坏。因为起事前有约定(以天满方向起火作为信号)，附近村镇的响应者、途中路人的投奔加入，行进至此时队伍已发展壮大到近三百人。不期而遇的加入者中，居然有一位精通炮术、名叫梅田源左卫门的彦根浪人武士。

天神桥桥面被毁，平八郎便沿菅原町河岸向西，过门樋桥，沿樋上町河岸走到难波桥下，发现刚才破坏天神桥的伐木工人又赶过来正打算扒难波桥桥板。

“上！抢过桥去！”平八郎一声令下，格之助一马当先冲上了桥。工人们看见明晃晃的长矛，便撒腿四散跑掉了。

站在北浜二丁目十字路口，平八郎等待队伍过桥。这期间时刻指向正午时分。

方案第二阶段计划袭击的大阪富豪之家集中在北船场，现在已经尽在股掌之间。平八郎将儿子格之助、濑田等重要人物召集过来，命令他们按既定方案分头行动。北侧今桥一线有鸿池屋善右卫门、同庄兵卫、同善五郎、天王寺屋五兵卫、平野屋五兵卫等大商人。南侧高丽桥一线有三井、岩城桝屋等大商家。

谁去哪一家、怎样威吓谈判、收缴上来的钱财米粮怎么处理等等大小事务都在计划方案之中，至此一切也算进展顺利。只是收缴钱、粮的处置环节完全与预想背离。下人兵丁们尽己所能拿足钱财后各自开溜。除鸿池本家之外，大多数金库均被洗劫一空。今桥一带二分金甚至撒落一路。

平八郎在难波桥南端支起军帐，令白井、桥本及其他年轻武士、骨干周围警戒，自己拿出随身携带的饭团，边吃边在炮弹的轰隆声中看一处处火焰上蹿。在他的内心深处，曾经被自己排斥过的枯寂和空虚又一次袭来。

下午二时许，平八郎下令敲响了收兵的大鼓。汇集而来的人终究不足一百五十人。像商量好了似的，骨干头领的脸上写满了失望。惩罚富豪的目的虽已达成，但拯救贫民的愿望却无以实现。费了九牛二虎之力即将到手的鹿台之财，却事与愿违，被乌合之众占为己有。

人们不敢作声等候平八郎发话。平八郎也默默地看着大家。过了一会儿，濑田说道："还有米店没有去。"平八郎像是被从梦中摇醒一般从床几上站了起来，嘴里说道："好，那我们就部署一下。"他把剩余的人一分为二，平八郎父子一队过高丽桥，濑田一队过今桥，向内平野町的米店进发。

八、高丽桥、平野桥、淡路町

汇报完情况，堀从土井长官那里回来向迹部传达了上司的指示——要求两町奉公合力出马迎战。

"好，那我就带我的部下及造弹署援兵吧。"迹部说罢便一直静坐不动。

堀在土井那里挨了训回来，窝了一肚子的火，正无处发泄，离开座位后马上把属下与力、同心召集到东町奉公所门前。广濑率领的京桥组三十名同心带着步枪正杵在那里。

"你们哪个组的?"堀大声问道。

"京桥组。"广濑回答。

“站到前排来！”堀下达命令。

同级的坂本和推三阻四探讨指示正当性的广濑听到奉公的喝令，只有乖乖服从，整合好枪械组同心站到了西组与力、同心队列前面。

堀的队伍沿岛町大道向西到达御祓路。正好遇见大盐父子率领的队伍在过高丽桥，能看到桥上的白旗。

“就是他们，给我打！”堀向广濑发出命令。同心等手上的小火枪便响起炒豆子般的噼啪声。

被突如其来的枪声一惊，堀骑乘的战马猛一跳，堀咕咚一声跌落马背。见此情景，广濑所率同心等以为长官中弹，四散逃开。堀让马丁牵着马，钻进御祓路的会所里来。丢了部下的广濑过来告罪，然后返回京桥口，给同僚马场讲述了事情始末，一起来到东町奉公所前，隔着大川观望不断向南北蔓延的大火。

御祓路到高丽桥有三四百米之遥，小火绳枪的射程根本达不到，大盐的队伍因此全然不知。

堀率人离开东町奉公所。去造弹署的蒲生借回来了大型木火绳枪。蒲生骑马跑到远藤处刚一开口，后者便安排冈翁助指挥四名普通与力把大炮运送到监察官中井半左卫门处。冈翁助让柴田勘兵卫、石川彦兵卫各拿一挺大口径木火绳枪，让胁胜太郎、米仓倬次郎各拿一挺中型木火绳枪给中川，因后者不在，四人便向远藤辞行，与蒲生一起回到东町奉公所。加上坂本的部下、刚才回来的四名与力及造弹组加盟的七名与力、三十名同心，迹部以坂本为先锋列队出发。迹部这一队沿岛町路向西，经町内二丁目角，沿内骨屋町线拐向南进，然后到达内平野町，再次准备拐向西进。

这时大盐的队伍已经分成两队，一队是渡过高丽桥的平八郎父子，另一队是渡过今桥的濑田。两队在东横堀河东岸汇合，南进压向内平野町，对几家米店放火、扫荡，在平野桥东头收兵。这样一来，便看到了从内骨屋町经神明神社一角拐过来的迹部队伍的旗帜。两军相隔不足两百多米，格之助下令以对方旗帜为目标用木筒火绳炮攻击。

迹部的队伍停止前进。与力本多、同心山崎弥四郎等纷纷请战，要求还击进攻。

因为看不到敌人，坂本制止了部下的冲动。他站到神明神社一角去仔细观察，终于发现还冒着青烟的木制炮筒缓缓移动而来。

“打！”一声令下，坂本和做好准备的部下一齐扣响了扳机。

硝烟退去，大家定睛一看，敌人已经退却，道路一片开阔直到桥的对岸。坂本把队伍推进到桥墩附近一看，一个无名兵丁中弹身亡。

坂本想要进兵平野桥，却因为桥东头两侧人家着火被浓烟呛了回来。他拨开混乱的迹部队伍，从天神桥路稍稍向南移动，经丰后町向西来到思安桥。迹部陷入混乱的旋涡，最后也掉落马下。

过了思安桥从瓦町西进的坂本身后，除本多、蒲生之外，山崎弥四郎、糟谷助藏等也陆续跟进。

在平野桥与迹部队伍发生遭遇战之后，大盐的队伍又出现了逃跑者，整个军队只剩下一百多人，从平野桥西端向南队伍扭曲变形，在给受了轻伤的庄司进行包扎之后，正要从淡路町向西退却。

大盐的队伍沿北淡路町抢先往西退却，在另一条平行的南瓦町路上，坂本的队伍随后向西追击。每到街区十字路口，坂本总会留意淡路町方向。在一丁目路与锻冶屋町路交叉路口已经看不到敌人的影子了。

到堺路交叉路口时，坂本终于看到了敌方的炮车：几名穿黑色外褂的大汉，正拖着炮车打算向西撤退。坂本利用堺路西侧一家纸店门口的纸堆做掩护，用自己的 18 毫米步枪瞄准那些可能是炮手的黑衣男。同时，东侧大盐阵中的猎师金助躲在水桶之后也瞄准了坂本。坂本身后的本多发现了金助，立刻用自己的小火枪瞄准了金助。同时提醒坂本注意。可是喊了两次坂本都没有听到。其间，大炮逐渐向西移动，坂本贴着西侧的人家向前追赶了二十米左右。最后三人的枪几乎同时扣动了扳机。

坂本的子弹打在炮手的腰部穿身而过。金助的子弹打在坂本的头盔上，坂本只觉脸上嗖的一声有风刮过。本多完全脱靶，没有打中。

坂本等率队和敌人展开枪战不久，敌人停止了射击，坂本小心翼翼地来到淡路町四辻。往西看去已经见不到大盐的部队；再向东看，火势逐渐蔓延过来。在四辻一带打扫战场，共捡到敌人遗弃的大型木火绳炮三门（带炮车）、木炮两门（其中一门带炮车）、火枪三把，此外还有长矛、旗子、大鼓、装火药的藤箱、盔甲箱、衣物箱等等。

中弹身亡的除黑衣外褂炮手，淡路町北侧还倒着一个无名兵丁，仅此而已。炮手仰面躺倒在大炮一旁，身高超过一米八的大汉，呢子黑外褂下面是红色里子黑夹衣小袖和服，里面是丝绸格子内衣，下摆撩起，既没穿裤裙也没穿线裤，光脚穿着草鞋，腰上别着两把制作精美的短刀。经高丽桥、平野桥、淡路町三次交锋，大盐方面的死者不过武士一人、小兵二人而已。堀、迹部两奉公官的队伍里一个死伤也没有。双方的子弹多从头顶飞过，堺路附近住户家的招牌幌子却变成了马蜂窝，屋檐口的瓦也多被子弹击碎。

迹部下令斩下黑衣炮手的首级并挂在枪尖上，让人扛着在街道中示众。后来人们才知道，这个唯一战死的武士正是中途加入的浪人梅田。

迹部行进到淡路町十字时堀前来汇合。堀在御祓路会所休整期间，一度走散的与力、同心又陆续汇集过来，队伍人数达到二十余人。这期间，迹部的队伍在平野桥打退了敌人，堀走出会所，在内平野町见到迹部。二人经过商量，堀借迹部队伍中的胁、石川、米仓三员猛将充当先锋。从天神桥路向南走到桥头町，折向西渡过本町桥。这部署是为了沿本町向西挺进，迂回前去截断敌人的退路。可是，一队人马中不断有人掉队，最终导致与胁等三人脱节。先锋部队不断减员，到本町堺路时只剩下十三四人。其间，在瓦町与淡路町之间看到双方互相射击，后从堺路向北，一路跑到了敌我双方的遭遇之地。

迹部和堀并肩从淡路町向西走出观察时已经看不到敌人的影子。于是，他们把部队集结到本町桥东头。二人兵分两路，堀将石川和米仓带回西町奉公所，迹部则进了大阪城。坂本、本多、蒲生、柴田、胁及同心等在大手前番场与迹部分手返回东町奉公所。

九、八轩屋、新筑地、下寺町

梅田拖着的大炮被坂本发现时，平八郎还站在四辻附近，四辻和淡路町二丁目相通。眼见队伍在不断减员，最后连拉大炮的人手都不够了。一听到坂本等追兵打过来的枪声，自己的队伍一下子便陷入失控状态。梅田的部队在还击时已顾不上听从号令，完全各自为政，胡乱射击。平八郎观察了一会儿，便把骨干人物召集过来对他们说道："各位的工作就到此为止吧，谢谢你们支持我走到今天这一步，现在大家各自离开，去找自己的去处吧。"

集合过来的十二人是格之助、白井、桥本、渡边、濑田、庄司、茨田、高桥、父柏冈、志村、杉山及濑田的年轻随从植松。听了平八郎的话，大家面面相觑，默不作声。这时，濑田站出来说道："我们愿与头领共生死。当然，我们会尽可能把您的意思传达给大家。"说罢，大家分头向龟缩在各处的残兵传达了首领的意思。

闻听此言，有人一声不吭失落地离开，有人早已急不可耐一般扔掉枪矛、行囊，撒腿就跑。大多都逃离了这里，只有安田一人走晚了一步，躲在居民家中，后来被捕。长时间担任木匠总领的作兵卫此时还在队伍中，听到首领最后指示，表明自己任何情况下都将与大盐父子共患难而留了下来。平八郎看中作兵卫质朴的工匠气质以及那不计个人私欲、不贪图享受的性格，硬把他拉入了自己的队伍，对此作兵卫非但不怨恨，反而愿与他们父子出生入死。

平八郎在格之助以下十二人及作兵卫的层层保护下，从淡路町二丁目西侧向东击退了半丁目左右，跑进北侧已经起火的一户人家里，从那里跑向北里的东平野町。坂本他们从打中梅田到赶到四辻，经过的时间较长，十四人有足够的时间首尾连贯地隐藏逃离。

这时北船场方面的骚动已经平息了一些，只有被火烧过的房子依然冒着青烟。那些守在烧焦的柱子、落在地上的瓦片附近的人们，不知为什么不愿离开，就像守在动物尸体边不愿离去的乌鸦、野狗一般徘徊，擦肩而过，都在寻找着什么，相互却无视对方的存在。没有人妨碍平八郎撤退。

到了下午两点时分，天空逐渐变得阴沉起来，云像是要压到人的头顶一般低垂、笼罩着整个城市。拿着枪、矛武器的十四人一路"之"字形穿行于烧焦的街区之间，如影子一般向东横堀川的西河岸疾步赶去。途中，在一处建在路旁、已经被火烧得崩塌的土仓库残垣断壁里，平八郎看到一缕冒着青光的火苗忽闪忽闪地燃烧，便驻足从怀中掏出一卷东西扔到火中。这是正面写着檄文和军令状、背面留着正月初八到二月十五日之间所有加盟者签名和印章的联名单。十四人从同一方向重过高丽桥时，刚刚率领七八十人队伍渡河的情形恍若隔世。沿河岸拐过去，过了天神桥头，到达八间屋时已是下午三点。忽然他们发现栈桥上系着一条船，船主一人蹲在船尾。显然是店铺着火之前把行李打包装好，准备逃走的一艘不太大的屋形船舶。平八郎向一行人使眼色,十三人和平八郎接连跳上船。

“马上开船!”濑田向船主一声喝令。

船主被突如其来的这群人吓得乖乖站了起来,解开缆绳。

船至河流中心,庄司把火枪扔进水中,其他人也纷纷效仿把手中的武器扔了。尽管冷风刺骨,大家依然脱掉盔甲,全部扔进水里。“不管去哪儿,总之一直把船开起来!”濑田说罢,便命令船主摇橹划船。遭遇火灾、搬运行李家什的船,零星漂浮在大川之上。平八郎他们这条船混迹于这些船中,没人觉得异常。

然而,被人挟持的船主逐渐反应过来,他寻思着如何早早将这些凶巴巴的不速之客请上岸,便问道:“请问几位客官到底要上何处去啊?”

“你给我闭嘴!”濑田呵斥道。

平八郎小声给身旁的高桥耳语了几句,高桥从怀中掏出二两银子塞到船主手里。说道:“给你添大麻烦了。你叫什么名字?”

“咦,这可太谢谢了。我叫直吉。”

接下来船主完全听从他们调遣了。平八郎扬起低垂的头说道:“下面谈谈我的想法打算,你们听好了。”内容大致如下:“此次举事的目的在于诛杀残贼、根除祸害以及散发钱粮积蓄救民于水火这两件事上。可是，我们的队伍完全被打败，可谓功败垂成。作为主谋的我，既不怨天也不尤人，最为愧对的便是作为亲人、故旧、朋友、徒弟的你们几位了。在此我向大家谢罪！请各位将这条船当成我们最后团圆、诀别之处，上岸之后，各自找一处圣洁之地，结束自己的生命。这样一来，除妻子儿女，我们父子俩也便了无牵挂了。拜托桥本带上木工作兵卫，想方设法要前往他们的隐居之处，然后请他们自尽。”

平八郎的妻子、儿媳及孩子们一开始退到般若寺村桥本家，然后又去了伊丹纸商某某家。后来她们的伏法之地是在京都。据说，妻子、儿媳两人因无法扔下弓太郎去死，便由桥本带着四处流离。

黄昏六时许，船靠近天满桥北头一处不引人耳目的地方，桥本与作兵卫先行离开上岸。接着是父柏冈、西村、茨田、高桥和向濑田告别的植松五人登陆。后来，茨田帮濑田结果了其妻之后投案自首，父柏冈与高桥也相继自首。西村在江户成为落难僧，赶上流行病去世。植松在京都被捕。

剩余的人从土佐堀川进入西横堀川，在新筑地上岸，这七人是：平八郎、格之助、濑田、渡边、庄司、白井和杉山。人们围住平八郎问他如何打算，他只是反复重复“反正罪责难赦，我是这样想的”——始终不亮明底牌。接着给白井和杉山说：

“你俩做好牺牲的思想准备，处理一下生前的个人私事。”说罢，给了杉山五两金子。

一行七人在四桥旁站了一会儿，这时，平八郎说：“不管我们上哪儿寻找最后归宿，像现在这样腰挎大刀，总是惹人眼目，最好把刀扔掉。”说罢，率先把自己的长刀从桥上扔进水里。紧接着，格之助等人也纷纷把长刀扔掉，只剩腰刀。然后，跟着默不作声径直向前走去的平八郎，一起来到下寺町。这里有白井和杉山永远的牵挂，他俩跟大伙儿做了告别。后来，白井带着杉山来到河内国涩川郡大莲寺村自己伯父家，借了把剪刀，一起削发为僧，在去伏见的途中被捕。

再剩平八郎父子、濑田、渡边和庄司五人。在下寺村，为了躲避出来看火灾的人群，庄司与平八郎等四人走散。庄司在天王寺村过夜，随后从平野乡到河内，经大和时与几乎同时前来的平八郎父子擦肩而过，未能碰面，一个人想回大阪看看，到达奈良时被捕。

与庄司走散，只剩下平八郎父子、濑田和渡边四人。走在下寺町两侧的共寺一带，濑田多次追问平八郎的打算，平八郎沉默片刻后答道：“没错，前面我是说过有想法打算，其实也不是具体的下一步该如何做。你们二人关系特殊，我便讲与你们听。我现在打算观察一段世事的走向。当然，为了不受屈辱，也同时做好了随时了却残生的准备。”闻听此言，濑田和渡边同声回应道："如此这般，我等定当力陪先生左右，帮您实现愿望。"说罢，劝父子俩一起从河内奔向大和路。四人的身影一起消失在去往平野乡方向田间小道的黑暗之中。

十、大阪城

当日的骚动事件最早传入大阪城城代[①]土井耳朵，是因为东町奉公迹部向造弹署定番[②]远藤请求援助。土井通过远藤命令东西两町奉公出兵迎敌。正好西町奉公堀来到远藤之处，堀本人亲受训示，然后去东町奉公所向迹部做了传达。

土井向两町奉公发出迎敌命令的同时，命令监察官中川半左卫门、犬塚太郎左卫门对此次谋反事件进行侦查，对参与者实施抓捕。上午十时将定番、大番、加番的头头脑脑都召集过来。

城代土井是下总古河的城主。其下两名定番中，还没到任的京桥口定番米津是武藏金泽的城主，现在仍兼任京桥口的造弹署定番远藤是近江三上的城主。定番之下设大番头两名，一年更换一次。东大番头是三河新城的菅沼织部正定忠，西大番头是河内狭山的北条远江守氏春。以上归属幕府旗

①城代：最高行政长官。
②定番：长官。

下。定番之下各有与力三十骑、同心一百人。大番头之下各有组头四人,组员四十六人,与力十骑,同心二十人。京桥组、造弹署加上东西大番,上下人数定员二百六十四人,大番一百六十二人,合计四百二十六人。这些武装力量仍然不够守备,幕府允许旁系大名[①]贡奉每超过一万石可以加番一个。山里丸的一加番正是越前大野的土井能登守利忠,中小屋的二加番是越后与板的井伊右京亮直经,青屋口的三加番是出羽长瀞的米津伊势守政懿,雁木坂的四加番是播磨安志的小笠原信浓守长武。各加番物头五人、家臣武士六人、普通武士九人、下等武士六人、小头七人,率领步兵[②]二百二十四人入城。其中步枪六十支、弓二十张。另有棍棒步兵三十五人。四处加番上下总共人数一千零三十四人。定番以下这些人数再加上城代的家臣、城内大小士卒共有一千五六百人。

在定番、大番、加番集合完毕后,土井十二点要巡游城内,在此之前,要求各个方面严加防范。接下来,士兵的盔甲被抬出,由战甲奉公上田五兵卫来进行分发;枪械奉公石渡彦太夫分配枪械弹药。战甲中竟然有老旧的金属片盔甲,兵器装备中也多有老掉牙的家伙。城内陷入大战前的混乱。

---

①旁系大名:即将军一门或族谱之外的非嫡系大名。
②步兵:武士。

时间指向十二点，两大番头先行，土井带领定番、加番的众大名，巡视城内。有三十三处门、四十三处番所，因此很费时间。所到之处，几乎无一处防备做到了尽善。土井只好把巡视时间改到傍晚六时。

第二次巡视时，除了城内的士兵，从尼崎、岸和田、高槻、淀等地调遣的增援部队也到达城内。

大阪城西南方向的大门由土井把守。检查关口设在门内北侧，门前绑上了栅栏，竖起竹排，筑起了大型土台，上面安放两门大炮，另有两门备用。门内由番头控制，门外北侧站立着步兵上百人，人人手持火枪，向北排成队列。南侧是从尼崎赶来的松平远江守忠荣的第一批部队，共三百三十余人，面向西整装列队。人数大致相同的第二批队伍随后赶来，被派往京桥口，按迹部要求前往守口、吹田。后来，郡山的一、二批部队也来增援大阪城正门。

正门内向北经过城代公务所便是西之丸。西之丸以北的西北角便是京桥口。京桥口定番的公务所在门内东侧。因定番米津还未到任，暂由山里丸加番土井代为把守。大炮数量与正门相同。门外是从岸和田赶来的冈部内膳正长和的第一批二百余人与高槻方面永井飞骅守直与的队伍，此外，淀的队伍也在此处布防。

京桥口定番公务所的东邻是烟硝仓库。仓库与东北角的青屋口之间，架着通往本丸的极乐桥。从极乐桥进入便是山里，其南侧是天主阁，再往南便是御殿。本丸由菅沼、北条两大番头把守。

青屋口南侧是加番的公务所。此门由加番米津把守，中小屋加番井伊作为机动部队在此待命。青屋口加番公务所向南依次是中小屋加番、雁木坂加番、造弹署定番。雁木坂加番小笠原在自己公务所前的雁木坡上插上了战旗。

造弹署定番公务所的门朝向东南，在造弹署的北侧。此门由定番长官远藤把守。另有高槻的部队加强，后来郡山的第三批队伍也被安排到此处。造弹署与正门之间，东侧是东大番日常公务所、西侧是西大番日常公务所。

除土井二次巡视外，检察官中川、犬冢两人也在城内各处巡查警戒，且前往两町奉公所听取情况汇报。进入夜间之后，城内外各处关口篝火连绵，火焰冲天。迹部的官宅里伏见奉公、加纳远江守久俦，堀的官宅里堺奉公、曲渊甲斐守景山率各自与力、同心出出进进。另外，从岸和田过来的第二批一千四百余人的队伍在天王寺方面严阵以待。

日落西山之时，两名检察官发出了对谋反乱党的逮捕令并做出部署，然而，收效甚微，进展并不顺利。

捕手赶往吹田村氏神主平八郎叔父宫胁志摩家是第二天，即二十日之事。宫胁已经切腹投池塘身亡。令船务奉公对各川口船舶开始盘查已是隔了一日即二十一日夜晚之事了。城内兵营也于同一天撤离。

二十日由天满一带发生的火灾,起因在于大盐的队伍一路上向各处的仇家打出的炮火。虽然当天风势不强,但火灾蔓延还是超出人们的预想。天满东部是川崎,西部是知源寺、摄津国町、又二郎町、月后町、旅笼町,南边是大川。北边以与力町为界,从大阪城正门至船场的大面积街区中,东部古町一丁目至三丁目;西部从上大、味噌巷到下难波桥巷;南至内本町、太郎左卫门町、西入町、丰后町、安土町、鱼屋町;北至大川、土佐堀川的广大街区成为一片焦土。东町奉公迹部在本町桥东头与西町奉公堀分手后进城。因为火势逐渐逼近正门附近,下午四时坂本部下的与力、同心率士兵奔赴火场。正赶上灭火工人在古町扑灭大火后需要休息,因为人手不足加之工人疲累,到了下午五时半仍没能阻止大火向古町代官所蔓延。直到第二天(二十日)晚上六时半才终于扑灭大火。以街区、房间、居家户来统计,此次大火共涉及天满组四十二町、北组五十九町、南组十一町共一百一十二町,涉及房屋建筑三千三百八十九栋,一万二千五百七十八户人家受灾。

十一、二月十九日后续一:信贵越

大阪兵燹的余炎伴着城内的篝火赶走夜色,番场草坪上避难的病人、产妇的呻吟声此起彼伏。二月十九日夜，平野乡一处浓密树丛的角落里，背靠背坐在一起抵御寒冷的四个人——平八郎父子及濑田和渡边，打算趁夜幕翻过河内，但身心俱疲，一步也无法向前挪动了。

四人第二天（二十日）进入河内界，除了讨要食物一般不靠近人家，沿平野川间道向东急行。正在思忖晚上在哪里过夜的当口遭遇了急风暴雨。后来终于发现一处神社，四人急忙钻了进去。沉思片刻，渡边突然说自己再也无法继续逃亡，不能成为先生的拖累。说罢迅速拔出腰刀刺向自己的腹部。刀入左肋下腹部三寸左右，身子即刻向前倾倒。眼见无法救助，平八郎便替他介错。一个皮肤白净、前牙稍有突出、温顺敦厚的男人在刚过四十的时候离开了人世。

二十一日，天已拂晓，但急风暴雨不见停歇。平八郎父子和濑田告别渡边的遗体，离开了家乡的神社。当地百姓发现遗骸后报官是二十二日的事情。神社所在地是河内国志纪郡田井中村。

三人冒着风雨沿间道向东北方向赶路前行。中午时分，风雨终于停了。然而，人早已被淋得浑身湿透，身上一阵阵刺冷。这样艰难地走过大和川的几条支流，晚上来到高安郡恩地村，依然必须避开人家，寻找树丛背后的小佛堂。等到从附近找来枯枝，小心翼翼地把火生着才发现濑田在发烧。平时气色就不怎么好,那张苍白的脸像喝多了酒一样变成黑红色,天生的双眼皮下充满血丝。只要平八郎父子俩说话,他就会像惊弓之鸟一样打着扑棱马上应答。蹲在火堆前的他已经不知道自己在做梦还是醒着,一直在犯迷糊。来此之前的途中,担心先生寒冷,濑田把自己的短褂脱下加在平八郎身上,自己经受了更大的风寒袭击。平八郎要求濑田无论如何先到村人家去保养身体,身体恢复后再赶过来。说罢,硬是让他沿田间小道走向一户人家。在身后目送了一阵濑田的背影之后,平八郎突然起身踏灭火堆,与格之助一起再次走上间道,目标是信贵越方向。

濑田迷迷糊糊,全身脉搏像敲鼓一般在耳中轰鸣。在狭窄的田间小路上跌跌撞撞往前走,自己都不清楚脚踏在什么东西上面。如果一脚踩进田间泥坑,便可能一头栽倒。终于走到一户亮灯的人家,濑田清楚表明来意,希望借宿休息片刻。挡雨板掀开,出现一张大爷方形黝黑的脸,上下打量了一下濑田,意外地没有拒绝,嘴里说道:"快进来,靠近围炉[①]取取暖吧。"老婆婆帮濑田脱掉草鞋,洗了脚。濑田刚一躺倒在围炉旁,便闭上双眼发出了鼾声。这时,大爷一只手伸到濑田

①围炉:在木地板上向下凿一处封闭的四方空间,在底部生炭火等来取暖、做饭用的地炉。

脸上，见濑田毫无反应，那只手顺势滑向濑田腰间，轻轻地拔出他的腰刀，拿着刀便跑出了家门。

濑田在梦中，梦见自己在两边长着松树一眼望不到头的街道上拼命奔跑。身后有很多人追赶过来。自己身子非常轻，几乎能够像鸟一般轻松飞翔。可是，追赶者的脚步声却怎么也摆脱不掉。濑田对自己的速度相当满意，只是追赶者的脚步声同样很近，这让他觉得不可思议。脚步声急速地转为敲鼓的声音。意识逐渐恢复，濑田感觉到腰间的东西不见了。同时，他清楚地意识到自己所处的境遇。

濑田跳了起来。凭借意志力控制住头晕目眩，从刚才大爷出去的通道也跑了出去，坐在行灯下的婆婆同样呆呆地看着眼前的一幕。

出到百姓家后面一看，小路对面有一片毛竹林。透过竹林他看到一棵树枝高低错落的松树。濑田踩着堆积起来的竹叶走到松树下，然后把手伸进自己的怀里。怀里正好揣着绳子。他拿出解开，踩着低树枝向上抛投，把绳子挂在高处。然后系上环扣，套进脖子，从树枝上跳下。年仅二十五岁的濑田因腰刀被盗再无所有，终寻一死。带着村落官人返回的大爷当天晚上找到了濑田的尸体，第二天送给领主稻叶丹后长官。

平八郎一路鞭策鼓励身后的格之助，二十二日午后父子俩进入大和境内。日暮时分平八郎让格之助在南畑购买了各种生活日用,收拾整理行装,进入离车站较远的一处寺院。过了一会儿,平八郎出来对格之助说:“你也要剃发。”格之助并不惊奇意外,跟着平八郎进入。父子俩整形换装,打扮成僧人,二十三日凌晨六时许穿着麻衣从寺院走出。

在寺院期间,平八郎几乎一言不发。出了寺院之后平八郎突然开口:“现在我们回大阪。”

格之助闻此一惊,问道:“可是回去又能怎样?”

“这你不用管,只跟我走便是。”

平八郎像是饥渴之人寻找甘泉一般在自己曾经逃出的道路上脚底生风。看上去,返回大阪的执念,就像一种不可抗拒的力量在驱动着平八郎。格之助因为寺院一宿的休息及早晚两顿的热粥,也像服了灵丹妙药一样恢复了精神。可是自己正一步步靠近危险的念头却挥之不去,看着走在前面的养父的背影,一股惊异之情油然涌上心头。

十二、二月十九日后续二:美吉屋

大阪油悬町向南过纪伊国桥,再向东走南侧第二栋有个叫美吉屋的毛巾布进货商。老板五郎兵卫六十二岁,妻子茨奈五十岁,除女儿卡茨、孙女卡库之外,家里还雇有下人五男一女,上下十口人生活在一起。五郎兵卫常年出入于大盐家,提供他们的生活日用,二月十九日暴动之后,被町奉公所指定为官府物资临时寄放处。

二月二十四日晚,美吉屋老板像往常一样自己独占卧室就寝,让家人、用人睡二楼及厨房。晚上六点过后,有人敲正门,老板起身问是谁,回答说是备前岛町河内屋把五郎派来的。河内屋是以前的生意伙伴,不知什么大事晚上差人过来,老板带着疑惑走到院子打开入户门。

门刚一开,身披灰色雨衣的两名僧人迅速闪进,用低沉有力的声音说道:“快把门关上!”定眼一看,这二人左手拿着短刀,根本就不是僧人。五郎兵卫吓得浑身打战,身体僵硬一动不动,也忘了回话。先进来的年长僧人使个眼色,后进来的年轻者一把推开五郎兵卫把门关上。两人在廊檐上坐下,开始解草鞋带。在一旁呆看的五郎兵卫再一次被惊到。虽然形象大变,他还是认出来眼前二人正是大盐父子俩。“呀,这不是大盐先生吗?”“别叫出姓名!”平八郎呵斥道。

二人无声向前走去,五郎兵卫急忙前面领路将他们带到衣帽间。五郎兵卫问道:“您要我做什么?”平八郎只说了句:“得麻烦你一阵。”

五郎兵卫马上意识到窝藏暴动首领是何等罪过。可是,凭自己多年对平八郎做事风格的了解,他的要求自己无法拒绝。父子俩不撒手的短刀,也告诉五郎兵卫接下来该怎么做。五郎兵卫只有一种选择:留住二人,同时想方设法尽可能推迟被外人发现——意味着大祸临头的时刻——哪怕一天、哪怕一刻也好。于是,他把小房间的拉门关紧,只给内人说明情况,让她准备好饭菜端过来。

这样过了一日,又过一日,这对老年夫妇太想知道不速之客打算何时离去,却发现平八郎不急不慌,没有离开的意思。

作为生意人,若有关系亲近的朋友来访,总须让到里间。这样一来,不可能不担心只有一窗之隔的衣帽间的两人不被发现。幸好美吉屋家里西南角有一处隔开的会客室,是独立小院落,与主房之间用木板墙隔开,墙上留有小门。另外,此小院落还有一个能迅速外出的侧门,通向正门西侧的巷子。这间相对独立的会客室,因为家人不常出入,不用担心被用人发现。于是,五郎兵卫在第三天夜间便把平八郎父子转移了过去。而且,每日给厨房提供大米时,将二人的那份分装到纸袋,再加上味噌、盐、香料等由五郎兵卫亲自送过去。父子俩用炭火自己做饭。

就这样到了三月,美吉屋用人有变动。一辞职女佣回到平野乡自己老家,讲了这样的事情:"我们雇主家大米吃得可快了。一对老年夫妻每天分开摄取大米,我们下人都以为是拿去供奉给神的,不过话说回来,他们的确不曾有任何剩饭。"

平野乡是城代土井八万石领地内的一万石土地,由俗称

"七名家"的土著人管辖。其中的末吉平左卫门、中濑九郎兵卫二人无意中听到这个从美吉屋辞工的用人闲话，觉得蹊跷，便报告给乡公所。在乡公所值班的家臣再报告给土井，土井命"贴身与力"内山彦次郎去提审五郎兵卫。所谓"贴身与力"是东、西两町奉公从自己组选出来，送到城代这里听候调遣的与力。内山稍一提审追问，五郎兵卫便马上和盘托出。

土井命大检察官时田肇率冈野小右卫门、菊地铁平、芹泽启次郎、松高缝藏、安立讃太郎、远山勇之助、齐藤正五郎、菊地弥六八个人前往抓捕。

三月二十六日七时半，时田将八人叫到自己府宅传达命令，即刻准备在中屋府宅集合。在那里，时田给大家看了美吉屋家宅的方位结构图，传达了城代要求"尽可能生擒"的指示。冈野经过请示从时田处领到一根半棒[①]。接下来在跟随冈野冲进房间的顺序上，为了体现公平原则，由大家抽签决定。八人对此提议表示赞成。抽到二号的是菊地弥六、三号松高、四号菊地铁平、五号远山、六号安立、七号芹泽，最后是齐藤。

二十七日凌晨两点过后，土井的家老鹰见十郎左卫门把冈野、菊地铁平、芹泽三人叫到府宅，引见了西组与力内山，并

①半棒：日本棍棒术中六尺棒的一半，即三尺短棒，武器的一种。

告诉他们将派内山与四名同心外加武馆教头鸟巢彦四郎前去侦查。冈野等三人回到中屋府宅给大家通报了鹰见的安排。在等待侦查结果期间,鹰见过来训示大家:任务重大,一定确保万无一失。三点半刚过,鸟巢来到中屋府宅传达内山口令,带大家来到本町五丁目的会所。时田以下九人在鸟巢之前已经出发,鸟巢又带来一名叫冈村桂藏的人去了本町。在本町会所等待期间,内山的传令信使过来又把抓捕队一行带往信浓町的会所,这里已经属于油悬町的南倧道。在信浓町,全体一同再次查看了内山提供的美吉屋家的地图,并按内山的意见把人手分成两队,一队封堵东大门,一队封堵西后门。

追捕手有内山、同心二人、冈野、菊地弥六、松高、菊地铁平共七人;抓捕手有同心二人、远山、安立、芹泽、齐藤、时田共七人。两队捕手四时半出发,目标直指已提前由总长今井官之助、比田小传次、永濑七三郎率领的扑火队员包围起来的美吉屋。抓捕手先行一步把守西后门。追捕手按冈野、菊地弥六、松高、菊地铁平、内山等依次从东大门进入。内山吩咐菊地铁平留在正门内侧。铁平一人觉得心里不踏实,便叫同来的冈村也留了下来。

追捕手中一名同心把美吉屋的女主人茨奈叫出来,嘴对着她的耳边小声说道:“你作用重大,必须做好了!你现在到木板墙门户去给平八郎他们这样讲:‘俺家五郎兵卫因为替官府保管物资,现在有官人要过来清点,请你们从后门出去,稍微到巷子口外面躲一躲。'记住了? 不能出错!"

茨奈吓得脸色苍白,终于鼓起勇气走向木板墙门口,然后“喂、喂”向门那边呼喊,可是却没能把捕手教给她的话说出来。过了一会儿,门户开了个小缝。从里面探出头来的是光头平八郎。平八郎一看到捕手,迅速关上了门户。

冈野等人开始砸门,并向里面大声喊道:“平八郎,你这个家伙给我出来!”

“住手!”平八郎在独立会客室挡雨板内大声叫道。

冈野等人稍有迟疑,不知如何是好。

守在正门口的菊地铁平在美吉屋女眷小孩、用人退出宅院之后等了一会儿,看到板墙门户处受阻,便沿着L形状的正屋廊檐一角迂回过去,对门口的同心说道:“破门而入,还等什么!”

“好吧。”同心犹豫应道。

铁平嗖的一声进了门户,用带来的半棒敲碎会客室正面的挡雨窗,破碎的窗户里立刻冒出浓烟,夹杂着火药味。紧随铁平,同心、冈野、菊地弥六、松高一齐跳进来,将剩余的挡雨窗敲碎。独立会客室正面有尸体倒在地上,像是格之助。上面盖着衣物,房间内的拉门被卸下堆放在尸体上,挡雨板竖立着,已经点着了火。挡雨窗被砸毁之后,燃烧着掉落到庭院。

在尸体的里侧墙边，平八郎手握脱鞘的腰刀站立着，看到捕手破门而入，刀刃横对喉咙用力一拉顺势向捕手扔了过来。

扔过来的短刀，飞向正用半棒与大家一起扑火的菊地弥六的头部，擦到了他的衣领和袖子，碰到半棒上飞了。弥六的衣襟、袖子和手腕上沾满鲜血。

火逐渐燃烧起来。为躲避火焰炙烤，捕手纷纷从板墙入口退到正房院落。

弥六向铁平讲了被扔腰刀的情节。铁平应了声“刀应该掉到院子里了吧”，便带弥六去板墙入口处找，果然，刀落在四五尺之外。可是，由于火势太猛，无法靠近。这时，刚才带路的那名同心过来说：“我们的木刀上有护手，用它拨出来吧。”平八郎的腰刀顺利拿到。刀柄缠着茶色丝线，刃长一尺八。

抓捕手抢先一步来到后门，远山、安立、芹泽、时田在东侧，齐藤及两名同心在西侧，把中间空开，只等平八郎父子一出来两面合拢夹击。可是等了太久，仍不见动静，安立、远山、齐藤三人便进院落打探。听到独立会客室有声音传出，便折返跑回来原位守候。可是过了一会儿仍然没有任何人出来的迹象。三人又一次摸进院子一看，从挡雨窗的缝隙里看到火焰中站立着的平八郎的光头。于是催促时田、芹泽与俩同心一起用半棒打破另一面的挡雨窗。然而火焰炽烈，从这边也进不去。

这时内山来到,不紧不慢地说道:“接下来只需把火扑灭便可,就交给消防队员吧。”远山说道:“可是,尸体就在眼前,还是想办法把它拽出来吧。”说罢,远山便和队友一起奋力向尸体处打水,消防队员们也逐渐聚了过来,凌晨五时过后,火被扑灭了。

家老总长今井指挥灭火工人清理烧焦的材木,一名叫吉兵卫的工人首先拉出格之助的尸骸。胸口被刀刺穿,平时就是个龅牙,如今牙全部露在外面。接着拉出平八郎的尸骸。喉咙割断、头朝下伏着。今井让人用水冲洗两具尸骸。平八郎的脖颈被火烧得肿胀,像是要盖住肩膀一般,需抱着头提起来验明正身。从格之助的伤口来看,应该是死于父亲之手。今井从附近三宅医生家找来两个类似轿厢的搬运工具,把尸骸放了进去。

两具尸骸和美吉屋夫妇一起被送往高原拘留所。沿途围观者人山人海。

十三、二月十九日后续三:盖棺论定

六月七日,大盐平八郎阴谋事件的审判交由江户裁判所。随即开始传唤滞留在大冈纪伊守忠爱家的平山助次郎、从大阪护送而来的吉见九郎右卫门、吉见英太郎、河合八十次郎、大井正一郎、安田图书、大西与五郎、美吉屋五郎兵卫、美吉屋茨奈。此外,被传唤的还有带西村利三郎从伊势赶往仙台、在江户伺候照顾利三郎离开人世的黄檗宗僧人刚岳,在江户将西村收为弟子的桥本町一丁目的愿人冷月,埋葬西村尸骨的浅草遍照院的所化尧周等。

七月十六日开始提审。接着,审判人员也出差到大阪,在两地开始调查。罪案确立,可以上诉日期至天宝九年闰四月八日,宣判日期是八月二十一日。

直接参与者平八郎、格之助、渡边、濑田、小泉、庄司、近藤、大井、深尾、茨田、高桥、父柏冈、子柏冈、西村、宫胁、桥本、白井孝右卫门以及虽未直接参与暴动的摄津森小路村医生横山文哉、同地区猪饲野村的百姓木村司马之助十九人一并被判极刑。另外,背叛政府、临阵迟疑不决的弓箭奉公组同心小头目竹上万太郎也被判处死刑。然而,九月十八日在鸢田执行死刑时,活着的只有竹上一人。其他十九人中,平八郎、渡边、濑田、近藤、深尾、宫胁自杀,西村病死,格之助、小泉被杀死外,其余被押运至江户全部毙命狱中。行刑柱上悬挂了用盐进行过防腐处理的尸骸。当然少不了被火烧过、同样进行过防腐处理的平八郎父子的尸骸。西村尸骸已腐烂,只进行了毁墓处罚。

松本、堀井、杉山、曾我、植松、木匠作兵卫、猎师金助、美吉屋五郎兵卫、濑田的中间浅佶、响应深尾招募的尊延寺村百姓忠右卫门及流浪汉新右卫门等被斩首示众;没有参加暴动的同党之中,上田、白井孝右卫门的外甥仪次郎、般若寺村的百姓茂兵卫死罪;平八郎之妾优,美吉屋女老板茨奈,儿时在大盐私塾求学、知晓舅父阴谋的大西与五郎和白井孝右卫门的儿子——远岛、安田,以及让杉山剃发为僧的其伯父、河内大莲寺的僧人正方,帮助西村逃亡的其姐夫,堺的医生宽辅等被判处流放;可是,除杉山、上田、大西和白井(子)四人外,余者全部在执行前已经死于牢狱。

密报者平山和吉见(父)俸禄保持不变,成为谱代小普请①中一员,吉见英太郎、河合八十次郎各奖银两五十枚。其间,已经定下来做大和守忠嗣继任者的平山,趁公务所值班人员上厕所之际,从勤务室刀架盒子里拿出一把短刀自杀了。

城代土井以下,接受褒奖者十九人,其中坂本铉之助成为枪械总领,成为高于试用期的政府末端公职人员。可是,大阪东、西两町奉公没有任何奖赏。

---

①谱代小普请:幕府官职之一。收编俸禄额在三千石以下的旗本、御家人中没有差事的人,由小普请指挥统领。